AS INTERMITÊNCIAS DA MORTE

Obras do autor publicadas pela Companhia das Letras

Alabardas, alabardas, espingardas, espingardas (com ilustrações de Günter Grass)
O ano da morte de Ricardo Reis
O ano de 1993
A bagagem do viajante
O caderno
Cadernos de Lanzarote
Cadernos de Lanzarote II
Caim
A caverna
Claraboia
Com o mar por meio: Uma amizade em cartas (com Jorge Amado)
O conto da ilha desconhecida
Don Giovanni ou O dissoluto absolvido
Ensaio sobre a cegueira
Ensaio sobre a lucidez
O Evangelho segundo Jesus Cristo
História do cerco de Lisboa
O homem duplicado
In Nomine Dei
As intermitências da morte
A jangada de pedra
O lagarto (com xilogravuras de J. Borges)
Levantado do chão
A maior flor do mundo
Manual de pintura e caligrafia
Memorial do convento
Objecto quase
As pequenas memórias
Que farei com este livro?
O silêncio da água
Todos os nomes
Último caderno de Lanzarote — O diário do ano do Nobel
Viagem a Portugal
A viagem do elefante

JOSÉ SARAMAGO

AS INTERMITÊNCIAS DA MORTE

Romance

2ª edição
13ª reimpressão

Capa:
Adaptada de *Silvadesigners*,
autorizada por *Porto Editora S.A.* e
Fundação José Saramago

Caligrafia da capa:
Valter Hugo Mãe

Revisão:
Marise Simões Leal
Isabel Jorge Cury

Por desejo do autor, foi mantida a ortografia vigente em Portugal

Os personagens e situações desta obra são reais apenas no universo da ficção; não se referem a pessoas e fatos concretos, e sobre eles não emitem opinião

Dados Internacionais de Catalogação na Publicação (CIP)
(Câmara Brasileira do Livro, SP, Brasil)

Saramago, José, 1922-2010.

As intermitências da morte : romance / José Saramago. — 2ª ed.
— São Paulo : Companhia das Letras, 2017.

ISBN 978-85-359-3034-4

1. Romance português I. Título.

05-6624 CDD-869.3

Índice para catálogo sistemático:
1. Romances : Literatura portuguesa 869.3

EDITORA SCHWARCZ S.A.
Rua Bandeira Paulista, 702, cj. 32
04532-002 — São Paulo — SP
Telefone: (11) 3707-3500
www.companhiadasletras.com.br
www.blogdacompanhia.com.br
facebook.com/companhiadasletras
instagram.com/companhiadasletras
twitter.com/cialetras

A Pilar, minha casa

Saberemos cada vez menos o que é um ser humano.

Livro das Previsões

Pensa por ex. mais na morte, — & seria estranho em verdade que não tivesse de conhecer por esse facto novas representa-ções, novos âmbitos da linguagem.

Wittgenstein

No dia seguinte ninguém morreu. O facto, por absolutamente contrário às normas da vida, causou nos espíritos uma perturbação enorme, efeito em todos os aspectos justificado, basta que nos lembremos de que não havia notícia nos quarenta volumes da história universal, nem ao menos um caso para amostra, de ter alguma vez ocorrido fenómeno semelhante, passar-se um dia completo, com todas as suas pródigas vinte e quatro horas, contadas entre diurnas e nocturnas, matutinas e vespertinas, sem que tivesse sucedido um falecimento por doença, uma queda mortal, um suicídio levado a bom fim, nada de nada, pela palavra nada. Nem sequer um daqueles acidentes de automóvel tão frequentes em ocasiões festivas, quando a alegre irresponsabilidade e o excesso de álcool se desafiam mutuamente nas estradas para decidir sobre quem vai conseguir chegar à morte em primeiro lugar. A passagem do ano não tinha deixado atrás de si o habitual e calamitoso regueiro de óbitos, como se a velha átropos da dentuça arreganhada tivesse resolvido embainhar a tesoura por um dia. Sangue, porém, houve-o, e não pouco. Desvairados, confusos, aflitos, dominando a custo as náuseas, os bombeiros extraíam da amálgama dos destroços míseros corpos humanos que, de acordo com a lógica matemática das colisões, deveriam estar mortos e bem mortos, mas que, apesar da gravidade dos ferimentos e dos traumatismos sofridos, se mantinham vivos e assim eram transportados aos hospitais, ao som das dilacerantes sereias das ambulâncias. Nenhuma dessas pessoas morreria no caminho e todas iriam desmentir os mais pessimistas prognósticos médicos, Esse pobre diabo não tem remédio possível, nem valia a pena perder tempo a operá-lo, dizia o cirurgião à enfermeira enquanto esta lhe ajustava a máscara à cara. Realmente, talvez não houvesse salvação para o coitado no dia anterior, mas o que estava claro é que a vítima se recusava a morrer neste. E o que acontecia aqui, acontecia em todo o país. Até à meia-noite em ponto do último dia do ano ainda houve gente que aceitou morrer no mais fiel acatamento às regras, quer as que se reportavam ao fundo da questão, isto é, acabar-se a vida, quer as que atinham às múltiplas modalidades de que ele, o referido fundo da questão, com maior ou menor pompa e solenidade, usa revestir-se quando chega o momento fatal. Um caso sobre todos interessante, obviamente por se tratar de quem se tratava, foi o da idosíssima e veneranda rainha-mãe. Às vinte e três horas e cinquenta e nove minutos daquele dia trinta e um de dezembro ninguém seria tão ingénuo que apostasse um pau de fósforo queimado pela vida da real senhora. Perdida qualquer esperança, rendidos os médicos à implacável evidência, a família real, hierarquicamente disposta ao redor do leito, esperava com resignação o derradeiro suspiro da matriarca, talvez umas palavrinhas, uma última sentença edificante com vista à formação moral dos amados príncipes seus netos, talvez uma bela e arredondada frase dirigida à sempre ingrata retentiva dos súbditos vindouros. E depois, como se o tempo tivesse parado, não aconteceu nada. A rainha-mãe nem melhorou nem piorou, ficou ali como suspensa, baloiçando o frágil corpo à borda da vida, ameaçando a cada instante cair para o outro lado, mas atada a este por um ténue fio que a morte, só podia ser ela, não se sabe por que estranho capricho, continuava a segurar. Já tínhamos passado ao dia seguinte, e nele, como se informou logo no princípio deste relato, ninguém iria morrer.

A tarde já ia muito adiantada quando começou a correr o

rumor de que, desde a entrada do novo ano, mais precisamente desde as zero horas deste dia um de janeiro em que estamos, não havia constância de se ter dado em todo o país um só falecimento que fosse. Poderia pensar-se, por exemplo, que o boato tivesse tido origem na surpreendente resistência da rainha-mãe a desistir da pouca vida que ainda lhe restava, mas a verdade é que a habitual parte médica distribuída pelo gabinete de imprensa do palácio aos meios de comunicação social não só assegurava que o estado geral da real enferma havia experimentado visíveis melhoras durante a noite, como até sugeria, como até dava a entender, escolhendo cuidadosamente as palavras, a possibilidade de um completo restabelecimento da importantíssima saúde. Na sua primeira manifestação o rumor também poderia ter saído com toda a naturalidade de uma agência de enterros e trasladações, Pelos vistos ninguém parece estar disposto a morrer no primeiro dia do ano, ou de um hospital, Aquele tipo da cama vinte e sete não ata nem desata, ou do porta-voz da polícia de trânsito, É um autêntico mistério que, tendo havido tantos acidentes na estrada, não haja ao menos um morto para exemplo. O boato, cuja fonte primigénia nunca foi descoberta, sem que, por outro lado, à luz do que viria a suceder depois, isso importasse muito, não tardou a chegar aos jornais, à rádio e à televisão, e fez espevitar imediatamente as orelhas a directores, adjuntos e chefes de redacção, pessoas não só preparadas para farejar à distância os grandes acontecimentos da história do mundo como treinadas no sentido de os tornar ainda maiores sempre que tal convenha. Em poucos minutos já estavam na rua dezenas de repórteres de investigação fazendo perguntas a todo o bicho-careta que lhes aparecesse pela frente, ao mesmo tempo que nas fervilhantes redacções as baterias de telefones se agitavam e vibravam em idênticos frenesis indagadores. Fizeram-se chamadas para os hospitais, para a cruz vermelha, para a morgue, para as agências funerárias, para as polícias, para todas elas, com compreensível exclusão da secreta, mas as respostas iam dar às mesmas lacónicas palavras, Não há mortos. Mais sorte teria aquela jovem repórter de televisão a quem um transeunte, olhando alternadamente para ela e para a câmara, contou um caso vivido em pessoa e que era a exacta cópia do já citado episódio da rainha-mãe, Estava justamente a dar a meia-noite, disse ele, quando o meu avô, que parecia mesmo a ponto de finar-se, abriu de repente os olhos antes que soasse a última badalada no relógio da torre, como se se tivesse arrependido do passo que ia dar, e não morreu. A repórter ficou a tal ponto excitada com o que tinha acabado de ouvir que, sem atender a protestos nem súplicas, Ó minha senhora, por favor, não posso, tenho de ir à farmácia, o avô está lá à espera do remédio, empurrou o homem para dentro do carro da reportagem, Venha, venha comigo, o seu avô já não precisa de remédios, gritou, e logo mandou arrancar para o estúdio da televisão, onde nesse preciso momento tudo estava a preparar-se para um debate entre três especialistas em fenómenos paranormais, a saber, dois bruxos conceituados e uma famosa vidente, convocados a toda a pressa para analisarem e darem a sua opinião sobre o que já começava a ser chamado por alguns graciosos, desses que nada respeitam, a greve da morte. A confiada repórter laborava no mais grave dos enganos, porquanto havia interpretado as palavras da sua fonte informativa como significando que o moribundo, em sentido literal, se tinha arrependido do passo que estava prestes a dar, isto é, morrer, defuntar, esticar o pernil, e portanto resolvera fazer marcha atrás. Ora, as palavras que o feliz neto havia efectivamente pronunciado, Como se se tivesse arrependido, eram radicalmente diferentes de um peremptório Arrependeu-se. Umas quantas luzes de sintaxe elementar e uma maior familiaridade com as elásticas subtilezas dos tempos verbais teriam evitado o quiproquó e a consequente descompostura que a pobre moça, rubra de vergonha e humilhação, teve de suportar do seu chefe directo. Mal podiam imaginar, porém, ele e ela, que a tal frase, repetida em directo pelo entrevistado e novamente escutada em gravação no telejornal da noite, iria ser compreendida da mesma equivocada maneira por milhões de pessoas, o que virá a ter como desconcertante consequência, num futuro muito próximo, a criação de um movimento de cidadãos firmemente convencidos de que pela simples acção da vontade será possível vencer a morte e que, por conseguinte, o imerecido desaparecimento de tanta gente no passado só se tinha devido a uma censurável debilidade de volição das gerações anteriores. Mas as cousas não ficarão por aqui. Uma vez que as pessoas, sem que para tal tenham de cometer qualquer esforço perceptível, irão continuar a não morrer, um outro movimento popular de massas, dotado de uma visão prospectiva mais ambiciosa, proclamará que o maior sonho da humanidade desde o princípio dos tempos, isto é, o gozo feliz de uma vida eterna cá na terra, se havia tornado em um bem para todos, como o sol que nasce todos os dias e o ar que respiramos. Apesar de disputarem, por assim dizer, o mesmo eleitorado, houve um ponto em que os dois movimentos souberam pôr-se de acordo, e foi terem nomeado para a presidência honorária, dada a sua eminente qualidade de precursor, o corajoso veterano que, no instante supremo, havia desafiado e derrotado a morte. Tanto quanto se sabe, não virá a ser atribuída particular importância ao facto de o avôzinho se encontrar em estado de coma profundo e, segundo todos os indícios, irreversível.

Embora a palavra crise não seja certamente a mais apropriada para caracterizar os singularíssimos sucessos que temos vindo a narrar, porquanto seria absurdo, incongruente e atentatório da lógica mais ordinária falar-se de crise numa situação existencial justamente privilegiada pela ausência da morte, compreende-se que alguns cidadãos, zelosos do seu direito a uma informação veraz, andem a perguntar-se a si mesmos, e uns aos outros, que diabo se passa com o governo, que até agora não deu o menor sinal de vida. É certo que o ministro da saúde, interpelado à passagem no breve intervalo entre duas reuniões, havia explicado aos jornalistas que, tendo em consideração a falta de elementos suficientes de juízo, qualquer declaração oficial seria forçosamente prematura, Estamos a coligir as informações que nos chegam de todo o país, acrescentou, e realmente em nenhuma delas há menção de falecimentos, mas é fácil imaginar que, colhidos de surpresa como toda a gente, ainda não estejamos preparados para enunciar uma primeira ideia sobre as origens do fenómeno e sobre as suas implicações, tanto as imediatas como as futuras. Poderia ter-se deixado ficar por aqui, o que, levando em conta as dificuldades da situação, já seria motivo para agradecer, mas o conhecido impulso de recomendar tranquilidade às pessoas a propósito de tudo e de nada, de as manter sossegadas no redil seja como for, esse tropismo que nos políticos, em particular se são governo, se tornou numa segunda natureza, para não dizer automatismo, movimento mecânico, levou-o a rematar a conversa da pior maneira, Como responsável pela pasta da saúde, asseguro a todos quantos me escutam que não existe qualquer motivo para alarme, Se bem entendi o que acabo de escutar, observou um jornalista em tom que não queria parecer demasiado irónico, na opinião do senhor ministro não é alarmante o facto de ninguém estar a morrer, Exacto, embora por outras palavras, foi isso mesmo o que eu disse, Senhor ministro, permita-me que lhe recorde que ainda ontem havia pessoas que morriam e a ninguém lhe passaria pela cabeça que isso fosse alarmante, É natural, o costume é morrer, e morrer só se torna alarmante quando as mortes se multiplicam, uma guerra, uma epidemia, por exemplo, Isto é, quando saem da rotina, Poder-se-á dizer assim, Mas, agora que não se encontra quem esteja disposto a morrer, é quando o senhor ministro nos vem pedir que não nos alarmemos, convirá comigo que, pelo menos, é bastante paradoxal, Foi a força do hábito, reconheço que o termo alarme não deveria ter sido chamado a este caso, Que outra palavra usaria então o senhor ministro, faço a pergunta porque, como jornalista consciente das minhas obrigações que me prezo de ser, me preocupa empregar o termo exacto sempre que possível. Ligeiramente enfadado com a insistência, o ministro respondeu secamente, Não uma, mas quatro, Quais, senhor ministro, Não alimentemos falsas esperanças. Teria sido, sem dúvida, uma boa e honesta manchete para o jornal do dia seguinte, mas o director, após consultar com o seu redactor-chefe, considerou desaconselhável, também do ponto de vista empresarial, lançar esse balde de água gelada sobre o entusiasmo popular, Ponha-lhe o mesmo de sempre, Ano Novo, Vida Nova, disse.

No comunicado oficial, finalmente difundido já a noite ia adiantada, o chefe do governo ratificava que não se haviam registrado quaisquer defunções em todo o país desde o início do novo ano, pedia comedimento e sentido de responsabilidade nas avaliações e interpretações que do estranho facto viessem a ser elaboradas, lembrava que não deveria excluir-se a hipótese de se tratar de uma casualidade fortuita, de uma alteração cósmica meramente acidental e sem continuidade, de uma conjunção excepcional de coincidências intrusas na equação espaço-tempo, mas que, pelo sim, pelo não, já se haviam iniciado contactos exploratórios com os organismos internacionais competentes em ordem a habilitar o governo a uma acção que seria tanto mais eficaz quanto mais concertada pudesse ser. Enunciadas estas vaguidades pseudocientíficas, destinadas, também elas, a tranquilizar, pelo incompreensível, o alvoroço que reinava no país, o primeiro-ministro terminava afirmando que o governo se encontrava preparado para todas as eventualidades humanamente imagináveis, decidido a enfrentar com coragem e com o indispensável apoio da população os complexos problemas sociais, económicos, políticos e morais que a extinção definitiva da morte inevitavelmente suscitaria, no caso, que tudo parece indicar como previsível, de se vir a confirmar. Aceitaremos o repto da imortalidade do corpo, exclamou em tom arrebatado, se essa for a vontade de deus, a quem para todo o sempre agradeceremos, com as nossas orações, haver escolhido o bom povo deste país para seu instrumento. Significa isto, pensou o chefe do governo ao terminar a leitura, que estamos metidos até aos gorgomilos numa camisa-de-onze-varas. Não podia ele imaginar até que ponto o colarinho lhe iria apertar. Ainda meia hora não tinha passado quando, já no automóvel oficial que o levava a casa, recebeu uma chamada do cardeal, Boas noites, senhor primeiro-ministro, Boas noites, eminência, Telefono-lhe para lhe dizer que me sinto profundamente chocado, Também eu, eminência, a situação é muito grave, a mais grave de quantas o país teve de viver até hoje, Não se trata disso, De que se trata então, eminência, É a todos os respeitos deplorável que, ao redigir a declaração que acabei de escutar, o senhor primeiro-ministro não se tenha lembrado daquilo que constitui o alicerce, a viga mestra, a pedra angular, a chave de abóbada da nossa santa religião, Eminência, perdoe-me, temo não compreender aonde quer chegar, Sem morte, ouça-me bem, senhor primeiro-ministro, sem morte não há ressurreição, e sem ressurreição não há igreja, Ó diabo, Não percebi o que acaba de dizer, repita, por favor, Estava calado, eminência, provavelmente terá sido alguma interferência causada pela electricidade atmosférica, pela estática, ou mesmo um problema de cobertura, o satélite às vezes falha, dizia vossa eminência que, Dizia o que qualquer católico, e o senhor não é uma excepção, tem obrigação de saber, que sem ressurreição não há igreja, além disso, como lhe veio à cabeça que deus poderá querer o seu próprio fim, afirmá-lo é uma ideia absolutamente sacrílega, talvez a pior das blasfémias, Eminência, eu não disse que deus queria o seu próprio fim, De facto, por essas exactas palavras, não, mas admitiu a possibilidade de que a imortalidade do corpo resultasse da vontade de deus, não será preciso ser-se doutorado em lógica transcendental para perceber que quem diz uma cousa, diz a outra, Eminência, por favor, creia-me, foi uma simples frase de efeito destinada a impressionar, um remate de discurso, nada mais, bem sabe que a política tem destas necessidades, Também a igreja as tem, senhor primeiro-ministro, mas nós ponderamos muito antes de abrir a boca, não falamos por falar, calculamos os efeitos à distância, a nossa especialidade, se quer que lhe dê uma imagem para compreender melhor, é a balística, Estou desolado, eminência, No seu lugar também o estaria. Como se estivesse a avaliar o tempo que a granada levaria a cair, o cardeal fez uma pausa, depois, em tom mais suave, mais cordial, continuou, Gostaria de saber se o senhor primeiro-ministro levou a declaração ao conhecimento de sua majestade antes de a ler aos meios de comunicação social, Naturalmente, eminência, tratando-se de um assunto de tanto melindre, E que disse o rei, se não é segredo de estado, Pareceu-lhe bem, Fez algum comentário ao terminar, Estupendo, Estupendo, quê, Foi o que sua majestade me disse, estupendo, Quer dizer que também blasfemou, Não sou competente para formular juízos dessa natureza, eminência, viver com os meus próprios erros já me dá trabalho suficiente, Terei de falar ao rei, recordar-lhe que, em uma situação como esta, tão confusa, tão delicada, só a observância fiel e sem desfalecimento das provadas doutrinas da nossa santa madre igreja poderá salvar o país do pavoroso caos que nos vai cair em cima, Vossa eminência decidirá, está no seu papel, Perguntarei a sua majestade que prefere, se ver a rainha-mãe para sempre agonizante, prostrada num leito de que não voltará a levantar-se, com o imundo corpo a reter-lhe indignamente a alma, ou vê-la, por morrer, triunfadora da morte, na glória eterna e resplandecente dos céus, Ninguém hesitaria na resposta, Sim, mas, ao contrário do que se julga, não são tanto as respostas que me importam, senhor primeiro-ministro, mas as perguntas, obviamente refiro-me às nossas, observe como elas costumam ter, ao mesmo tempo, um objectivo à vista e uma intenção que vai escondida atrás, se as fazemos não é apenas para que nos respondam o que nesse momento necessitamos que os interpelados escutem da sua própria boca, é também para que se vá preparando o caminho às futuras respostas, Mais ou menos como na política, eminência, Assim é, mas a vantagem da igreja é que, embora às vezes o não pareça, ao gerir o que está no alto, governa o que está em baixo. Houve uma nova pausa, que o primeiro-ministro interrompeu, Estou quase a chegar a casa, eminência, mas, se me dá licença, ainda gostaria de lhe pôr uma breve questão, Diga, Que irá fazer a igreja se nunca mais ninguém morrer, Nunca mais é demasiado tempo, mesmo tratando-se da morte, senhor primeiro-ministro, Creio que não me respondeu, eminência, Devolvo-lhe a pergunta, que vai fazer o estado se nunca mais ninguém morrer, O estado tentará sobreviver, ainda que eu muito duvide de que o venha a conseguir, mas a igreja, A igreja, senhor primeiro-ministro, habituou-se de tal maneira às respostas eternas que não posso imaginá-la a dar outras, Ainda que a realidade as contradiga, Desde o princípio que nós não temos feito outra cousa que contradizer a realidade, e aqui estamos, Que irá dizer o papa, Se eu o fosse, perdoe-me deus a estulta vaidade de pensar-me tal, mandaria pôr imediatamente em circulação uma nova tese, a da morte adiada, Sem mais explicações, À igreja nunca se lhe pediu que explicasse fosse o que fosse, a nossa outra especialidade, além da balística, tem sido neutralizar, pela fé, o espírito curioso, Boas noites, eminência, até amanhã, Se deus quiser, senhor primeiro-ministro, sempre se deus quiser, Tal como estão as cousas neste momento, não parece que ele o possa evitar, Não se esqueça, senhor primeiro-ministro, de que fora das fronteiras do nosso país se continua a morrer com toda a normalidade, e isso é um bom sinal, Questão de ponto de vista, eminência, talvez lá de fora nos estejam a olhar como um oásis, um jardim, um novo paraíso, Ou um inferno, se forem inteligentes, Boas noites, eminência, desejo-lhe um sono tranquilo e reparador, Boas noites, senhor primeiro-ministro, se a morte resolver regressar esta noite, espero que não se lembre de o ir escolher a si, Se a justiça neste mundo não é uma palavra vã, a rainha-mãe deverá ir primeiro que eu, Prometo que não o denunciarei amanhã ao rei, Quanto lhe agradeço, eminência, Boas noites, Boas noites.

Eram três horas da madrugada quando o cardeal teve de ser levado a correr ao hospital com um ataque de apendicite aguda que obrigou a uma imediata intervenção cirúrgica. Antes de ser sugado pelo túnel da anestesia, naquele instante veloz que precede a perda total da consciência, pensou o que tantos outros têm pensado, que poderia vir a morrer durante a operação, depois lembrou-se de que tal já não era possível, e, finalmente, num último lampejo de lucidez, ainda lhe passou pela mente a ideia de que se, apesar de tudo, morresse mesmo, isso significaria que teria, paradoxalmente, vencido a morte. Arrebatado por uma irresistível ânsia sacrificial ia implorar a deus que o matasse, mas já não foi a tempo de pôr as palavras na sua ordem. A anestesia poupou-o ao supremo sacrilégio de querer transferir os poderes da morte para um deus mais geralmente conhecido como dador da vida.

Embora tivesse sido imediatamente posta a ridículo pelos jornais da concorrência, que haviam conseguido arrancar à inspiração dos seus redactores principais os mais diversos e substanciosos títulos, algumas vezes dramáticos, líricos outras, e, não raro, filosóficos ou místicos, quando não de comovedora ingenuidade, como tinha sido o caso daquele diário popular que se contentou com a pergunta E Agora Que Irá Ser De Nós, acrescentando como rabo da frase o alarde gráfico de um enorme ponto de interrogação, a já falada manchete Ano Novo, Vida Nova, não obstante a confrangedora banalidade, caiu como sopa no mel em algumas pessoas que, por temperamento natural ou educação adquirida, preferiam acima de tudo a firmeza de um optimismo mais ou menos pragmático, mesmo se tivessem motivos para suspeitar de que se trataria de uma mera e talvez fugaz aparência. Tendo vivido, até estes dias de confusão, naquilo que haviam imaginado ser o melhor de todos os mundos possíveis e prováveis, descobriam, deliciados, que o melhor, realmente o melhor, era agora que estava a acontecer, que já o tinham ali mesmo, à porta de casa, uma vida única, maravilhosa, sem o medo quotidiano da rangente tesoura da parca, a imortalidade na pátria que nos deu o ser, a salvo de incomodidades metafísicas e grátis para toda a gente, sem uma carta de prego para abrir à hora da morte, tu para o paraíso, tu para o purgatório, tu para o inferno, nesta encruzilhada se separavam em outros tempos, queridos companheiros deste vale de lágrimas chamado terra, os nossos destinos no outro mundo. Posto isto, não tiveram os periódicos reticentes ou problemáticos outra solução, e com eles as televisões e as rádios afins, que unir-se à maré alta de alegria colectiva que alastrava de norte a sul e de leste a oeste, refrescando as mentes temerosas e arrastando para longe da vista a longa sombra de tânatos. Com o passar dos dias, e vendo que realmente ninguém morria, os pessimistas e os cépticos, aos poucos e poucos no princípio, depois em massa, foram-se juntando ao mare magnum de cidadãos que aproveitavam todas as ocasiões para sair à rua e proclamar, e gritar, que, agora sim, a vida é bela.

Um dia, uma senhora em estado de viúva recente, não encontrando outra maneira de manifestar a nova felicidade que lhe inundava o ser, e se bem que com a ligeira dor de saber que, não morrendo ela, nunca mais voltaria a ver o pranteado defunto, lembrou-se de pendurar para a rua, na sacada florida da sua casa de jantar, a bandeira nacional. Foi o que se costuma chamar meu dito, meu feito. Em menos de quarenta e oito horas o embandeiramento alastrou a todo o país, as cores e os símbolos da bandeira tomaram conta da paisagem, com maior visibilidade nas cidades pela evidente razão de estarem mais beneficiadas de varandas e janelas que o campo. Era impossível resistir a um tal fervor patriótico, sobretudo porque, vindas não se sabia donde, haviam começado a difundir-se certas declarações inquietantes, para não dizer francamente ameaçadoras, como fossem, por exemplo, Quem não puser a imortal bandeira da pátria à janela da sua casa, não merece estar vivo, Aqueles que não andarem com a bandeira nacional bem à vista é porque se venderam à morte, Junte-se a nós, seja patriota, compre uma bandeira, Compre outra, Compre mais outra, Abaixo os inimigos da vida, o que lhes vale a eles é já não haver morte. As ruas eram um autêntico arraial de insígnias desfraldadas, batidas pelo vento, se este soprava, ou, quando não, um ventilador eléctrico colocado a jeito fazia-lhe as vezes, e se a potência do aparelho não era bastante para que o estandarte virilmente drapejasse, obrigando-o a dar aqueles estalos de chicote que tanto exaltam os espíritos marciais, ao menos fazia com que ondulassem honrosamente as cores da pátria. Algumas raras pessoas, à boca pequena, murmuravam que aquilo era um exagero, um despropósito, que mais tarde ou mais cedo não haveria outro remédio que retirar aquele bandeiral todo, e quanto mais cedo o fizermos, melhor, porque da mesma maneira que demasiado açúcar no pudim dá cabo do paladar e prejudica o processo digestivo, também o normal e mais do que justo respeito pelos emblemas patrióticos acabará por converter-se em chacota se permitirmos que descambe em autênticos atentados contra o pudor, como os exibicionistas de gabardina de execrada memória. Além disso, diziam, se as bandeiras estão aí para celebrar o facto de que a morte deixou de matar, então de duas uma, ou as retiramos antes de que com a fartura comecemos a embirrar com os símbolos da pátria, ou vamos levar o resto da vida, isto é, a eternidade, sim, dizemos bem, a eternidade, a mudá-los de cada vez que os apodreça a chuva, que o vento os esfarrape ou o sol lhes coma o colorido. Eram pouquíssimas as pessoas que tinham a coragem de pôr assim, publicamente, o dedo na ferida, e um pobre homem houve que teve de pagar o antipatriótico desabafo com uma tareia que, se não lhe acabou ali mesmo com a triste vida, foi só porque a morte havia deixado de operar neste país desde o princípio do ano.

Nem tudo é festa, porém, ao lado de uns quantos que riem, sempre haverá outros que chorem, e às vezes, como no presente caso, pelas mesmas razões. Importantes sectores profissionais, seriamente preocupados com a situação, já começaram a fazer chegar a quem de direito a expressão do seu descontentamento. Como seria de esperar, as primeiras e formais reclamações vieram das empresas do negócio funerário. Brutalmente desprovidos da sua matéria-prima, os proprietários começaram por fazer o gesto clássico de levar as mãos à cabeça, gemendo em carpideiro coro,

E agora que irá ser de nós, mas logo, perante a perspectiva de uma catastrófica falência que a ninguém do grémio fúnero pouparia, convocaram a assembleia geral da classe, ao fim da qual, após acaloradas discussões, todas elas improdutivas porque todas, sem excepção, iam dar com a cabeça no muro indestrutível da falta de colaboração da morte, essa a que se haviam habituado, de pais a filhos, como algo que por natureza lhes era devido, aprovaram um documento a submeter à consideração do governo da nação, o qual documento adoptava a única proposta construtiva, construtiva, sim, mas também hilariante, que havia sido apresentada a debate, Vão-se rir de nós, avisou o presidente da mesa, mas reconheço que não temos outra saída, ou é isto, ou será a ruína do sector. Informava pois o documento que, reunidos em assembleia geral extraordinária para examinar a gravíssima crise com que se estavam debatendo por motivo da falta de falecimentos em todo o país, os representantes das agências funerárias, depois de uma intensa e participada análise, durante a qual sempre havia imperado o respeito pelos supremos interesses da nação, tinham chegado à conclusão de que ainda era possível evitar as dramáticas consequências do que sem dúvida irá passar à história como a pior calamidade colectiva que nos caiu em cima desde a fundação da nacionalidade, isto é, que o governo decida tornar obrigatórios o enterramento ou a incineração de todos os animais domésticos que venham a defuntar de morte natural ou por acidente, e que tal enterramento ou tal incineração, regulamentados e aprovados, sejam obrigatoriamente levados a cabo pela indústria funerária, tendo em contra as meritórias provas prestadas no passado como autêntico serviço público que têm sido, no sentido mais profundo da expressão, gerações após gerações. O documento continuava, Solicitamos ainda a melhor atenção do governo para o facto de que a indispensável reconversão da indústria não será viável sem vultosos investimentos, pois não é a mesma cousa sepultar um ser humano e levar à última morada um gato ou um canário, e porque não dizer um elefante de circo ou um crocodilo de banheira, sendo portanto necessário reformular de alto a baixo o nosso know how tradicional, servindo de providencial apoio a esta indispensável actualização a experiência já adquirida desde a oficialização dos cemitérios para animais, ou seja, aquilo que até agora não havia passado de uma intervenção marginal da nossa indústria, ainda que, não o negamos, bastamente lucrativa, tornar-se-ia em actividade exclusiva, evitando-se assim, na medida do possível, o despedimento de centenas senão milhares de abnegados e valorosos trabalhadores que em todos os dias da sua vida enfrentaram corajosamente a imagem terrível da morte e a quem a mesma morte volta agora imerecidamente as costas, Exposto o que, senhor primeiro-ministro, rogamos, com vista à merecida protecção de uma profissão milenariamente classificada de utilidade pública, se digne considerar, não somente a urgência de uma decisão favorável, mas também, em paralelo, a abertura de uma linha de créditos bonificados, ou então, e isso seria ouro sobre azul, ou dourado sobre negro, que são as nossas cores, para não dizer da mais elementar justiça, a concessão de empréstimos a fundo perdido que ajudem a viabilizar a rápida revitalização de um sector cuja sobrevivência se encontra ameaçada pela primeira vez na história, e desde muito antes dela, em todas as épocas da pré-história, pois nunca a um cadáver humano deve ter faltado quem, mais cedo ou mais tarde, acudisse a enterrá-lo, ainda que não fosse mais que a generosa terra abrindo-se. Respeitosamente, pedem deferimento.

Também os directores e administradores dos hospitais, tanto do estado como privados, não tardaram muito a ir bater à porta do ministério da tutela, o da saúde, para expressar junto dos serviços competentes as suas inquietações e os seus anseios, os quais, por estranho que pareça, quase sempre relevavam mais de questões logísticas que propriamente sanitárias. Afirmavam eles que o corrente processo rotativo de enfermos entrados, enfermos curados e enfermos mortos havia sofrido, por assim dizer, um curto-circuito ou, se quisermos falar em termos menos técnicos, um engarrafamento como os dos automóveis, o qual tinha a sua causa na permanência indefinida de um número cada vez maior de internados que, pela gravidade das doenças ou dos acidentes de que haviam sido vítimas, já teriam, em situação normal, passado à outra vida. A situação é difícil, argumentavam, já começámos a pôr doentes nos corredores, isto é, mais do que era costume fazê-lo, e tudo indica que em menos de uma semana nos iremos encontrar a braços não só com a escassez das camas, mas também, estando repletos os corredores e as enfermarias, sem saber, por falta de espaço e dificuldade de manobra, onde colocar as que ainda estejam disponíveis. É certo que há uma maneira de resolver o problema, concluíam os responsáveis hospitalares, porém, ofendendo ela, ainda que de raspão, o juramento hipocrático, a decisão, no caso de vir a ser tomada, não poderá ser nem médica nem administrativa, mas política. Como a bom entendedor sempre meia palavra bastou, o ministro da saúde, depois de consultar o primeiro-ministro, exarou o seguinte despacho, Considerando a imparável sobreocupação de internados que já começa a prejudicar seriamente o até agora excelente funcionamento do nosso sistema hospitalar e que é a directa consequência do crescente número de pessoas ingressadas em estado de vida suspensa e que assim irão manter-se indefinidamente, sem quaisquer possibilidades de cura ou de simples melhora, pelo menos até que a investigação médica alcance as novas metas que se tem proposto, o governo aconselha e recomenda às direcções e administrações hospitalares que, após uma análise rigorosa, caso por caso, da situação clínica dos doentes que se encontrem naquela situação, e confirmando-se a irreversibilidade dos respectivos processos mórbidos, sejam eles entregues aos cuidados das famílias, assumindo os estabelecimentos hospitalares a responsabilidade de assegurar aos enfermos, sem reserva, todos os tratamentos e exames que os seus médicos de cabeceira ainda julguem necessários ou simplesmente aconselháveis. Fundamenta-

-se esta decisão do governo numa hipótese facilmente admissível por toda a gente, a de que a um paciente em tal estado, permanentemente à beira de um falecimento que permanentemente lhe vai sendo negado, deverá ser-lhe pouco menos que indiferente, mesmo em algum momento de lucidez, o lugar em que se encontre, quer se trate do seio carinhoso da sua família ou da congestionada enfermaria de um hospital, uma vez que nem aqui nem ali conseguirá morrer, como também nem ali nem aqui poderá recuperar a saúde. O governo quer aproveitar esta oportunidade para informar a população de que prosseguem em ritmo acelerado os trabalhos de investigação que, assim o espera e confia, hão-de levar a um conhecimento satisfatório das causas, até este momento ainda misteriosas, do súbito desaparecimento da morte. Igualmente informa que uma nutrida comissão interdisciplinar, incluindo representantes das diversas religiões em vigor e filósofos das diversas escolas em actividade, que nestes assuntos sempre têm uma palavra a dizer, está encarregada da delicada tarefa de reflectir sobre o que virá a ser um futuro sem morte, ao mesmo tempo que tentará elaborar uma previsão plausível dos novos problemas que a sociedade terá de enfrentar, o principal dos quais alguns resumiriam nesta cruel pergunta, Que vamos fazer com os velhos, se já não está aí a morte para lhes cortar o excesso de veleidades macróbias.

Os lares para a terceira e quarta idades, essas benfazejas instituições criadas em atenção à tranquilidade das famílias que não têm tempo nem paciência para limpar os ranhos, atender aos esfíncteres fatigados e levantar-se de noite para chegar a arrastadeira, também não tardaram, tal como já o haviam feito os hospitais e as agências funerárias, a vir bater com a cabeça no muro das lamentações. Fazendo justiça a quem se deve, temos de reconhecer que a incerteza em que se encontravam divididos, isto é, continuar ou não continuar a receber hóspedes, era uma das mais angustiantes que poderiam desafiar os esforços equitativos e o talento planificador de qualquer gestor de recursos humanos. Principalmente porque o resultado final, e isso é o que caracteriza os autênticos dilemas, iria ser sempre o mesmo. Habituados até agora, tal como os seus queixosos parceiros da injecção intravenosa e da coroa de flores com fita roxa, à segurança resultante da contínua e imparável rotação de vidas e mortes, umas que vinham entrando, outras que iam saindo, os lares da terceira e quarta idades não queriam nem pensar num futuro de trabalho em que os objectos dos seus cuidados não mudariam nunca de cara e de corpo, salvo para exibi-los mais lamentáveis em cada dia que passasse, mais decadentes, mais tristemente descompostos, o rosto enrugando-se, prega a prega, igual que uma passa de uva, os membros trémulos e duvidosos, como um barco que inutilmente andasse à procura da bússola que lhe tinha caído ao mar. Um novo hóspede sempre havia sido motivo de regozijo para os lares do feliz ocaso, tinha um nome que seria preciso fixar na memória, hábitos próprios trazidos do mundo exterior, manias que eram só dele, como um certo funcionário aposentado que todos os dias tinha de lavar a fundo a escova de dentes porque não suportava ver nela restos da pasta dentífrica, ou aquela anciã que desenhava árvores genealógicas da sua família e nunca acertava com os nomes que deveria pendurar dos ramos. Durante algumas semanas, até que a rotina nivelasse a atenção devida aos internados, ele seria o novo, o benjamim do grupo, e iria sê-lo pela última vez na vida, ainda que durando ela tanto como a eternidade, esta que, como do sol costuma dizer-se, passou a brilhar para toda a gente deste país afortunado, nós que veremos extinguir-se o astro do dia e continuaremos vivos, ninguém sabe como nem porquê. Agora, porém, o novo hóspede, excepto se ainda veio preencher alguma vaga e arredondar a receita do lar, é alguém cujo destino se conhece de antemão, não o veremos sair daqui para ir morrer a casa ou ao hospital como acontecia nos bons tempos, enquanto os outros hóspedes fechavam à chave apressadamente a porta dos seus quartos para que a morte não entrasse e os levasse também a eles, já sabemos que tudo isto são cousas de um passado que não voltará, mas alguém do governo terá de pensar na nossa sorte, nós, patrão, gerente e empregados dos lares do feliz ocaso, o destino que nos espera é não termos ninguém que nos acolha quando chegar a hora em que tenhamos de baixar os braços, reparai que nem sequer somos senhores daquilo que de alguma maneira também havia sido nosso, ao menos pelo trabalho que nos deu durante anos e anos, aqui deverá perceber-se que os empregados tomaram a palavra, o que queremos dizer é que não haverá sítio para estes que somos nos lares do feliz ocaso, salvo se pusermos de lá para fora uns quantos hóspedes, ao governo já lhe tinha ocorrido a mesma ideia quando foi daquele debate sobre a pletora dos hospitais, que a família reassuma as suas obrigações, disseram, mas para isso seria necessário que ainda se encontrasse nela alguém com suficiente tino na cabeça e energias bastantes no resto do corpo, dons cujo prazo de validade, como sabemos por experiência própria e pelo panorama que o mundo oferece, têm a duração de um suspiro se o compararmos com esta eternidade recentemente inaugurada, o remédio, salvo opinião mais abalizada, seria multiplicar os lares do feliz ocaso, não como até agora, aproveitando vivendas e palacetes que em tempos conheceram melhor sorte, mas construindo de raiz grandes edifícios, com a forma de um pentágono, por exemplo, de uma torre de babel, de um labirinto de cnossos, primeiro bairros, depois cidades, depois metrópoles, ou, usando palavras mais cruas, cemitérios de vivos onde a fatal e irrenunciável velhice seria cuidada como deus quisesse, até não se sabe quando, pois os seus dias não teriam fim, o problema bicudo, e para ele nos sentimos no dever de chamar a atenção de quem de direito, é que, com o passar do tempo, não só haverá cada vez mais idosos internados nos lares do feliz ocaso, como também será necessária cada vez mais gente para tomar conta deles, dando em resultado que o rombóide das idades virará rapidamente os pés pela cabeça, uma massa gigantesca de velhos lá em cima, sempre em crescimento, engolindo como uma serpente pitão as novas gerações, as quais, por sua vez, na sua maioria convertidas em pessoal de assistência e administração dos lares do feliz ocaso, depois de terem gasto a melhor parte da sua vida a cuidar de velhorros de todas as idades, quer as normais, quer as matusalénicas, multidões de pais, avós, bisavós, trisavós, tetravós, pentavós, hexavós, e por aí fora, ad infinitum, se juntarão, uma atrás de outra, como folhas que das árvores se desprendem e vão tombar sobre as folhas dos outonos pretéritos, mais où sont les neiges d'antan, do formigueiro interminável dos que, pouco a pouco, levaram a vida a perder os dentes e o cabelo, das legiões dos de má vista e mau ouvido, dos herniados, dos catarrosos, dos que fracturaram o colo do fémur, dos paraplégicos, dos caquécticos agora imortais que não são capazes de segurar nem a baba que lhes escorre do queixo, vossas excelências, senhores que nos governam, talvez não nos queiram crer, mas o que aí nos vem em cima é o pior dos pesadelos que alguma vez um ser humano pôde haver sonhado, nem mesmo nas escuras cavernas, quando tudo era terror e tremor, se terá visto semelhante cousa, dizemo-lo nós que temos a experiência do primeiro lar do feliz ocaso, é certo que então tudo era em ponto pequeno, mas para alguma cousa a imaginação nos haveria de servir, se quer que lhe falemos com franqueza, de coração nas mãos, antes a morte, senhor primeiro-ministro, antes a morte que tal sorte.

Uma terrível ameaça que vem pôr em perigo a sobrevivência da nossa indústria, foi o que declarou aos órgãos de comunicação social o presidente da federação das companhias seguradoras, referindo-se aos muitos milhares de cartas que, mais ou menos por idênticas palavras, como se as tivessem copiado de uma minuta única, haviam entrado nos últimos dias nas empresas trazendo uma ordem de cancelamento imediato das apólices de seguros de vida dos respectivos signatários. Afirmavam estes que, considerando o facto público e notório de que a morte havia posto termo aos seus dias, seria absurdo, para não dizer simplesmente estúpido, continuar a pagar uns prémios altíssimos que só iriam servir, sem qualquer espécie de contrapartida, para enriquecer ainda mais as companhias. Não estou para sustentar burros a pão-de-ló, desabafava, em post scriptum, um segurado particularmente mal-disposto. Alguns iam mais longe, reclamavam a devolução das quantias pagas, mas, esses, percebia-se logo que era só um atirar barro à parede por descargo de consciência, a ver se pegava. À inevitável pergunta dos jornalistas sobre o que pensavam fazer as companhias de seguros para contrapor à salva de artilharia pesada que de repente lhes tinha caído em cima, o presidente da federação respondeu que, embora os assessores jurídicos estivessem, neste preciso momento, a estudar com toda a atenção a letra pequena das apólices à procura de qualquer possibilidade interpretativa que permitisse, sempre dentro da mais estrita legalidade, claro está, impor aos segurados heréticos, mesmo contra sua vontade, a obrigação de pagar enquanto fossem vivos, quer dizer, sempiternamente, o mais provável, no entanto, seria que viesse a ser-lhes proposto um pacto de consenso, um acordo de cavalheiros, o qual consistiria na inclusão de uma breve adenda às apólices, tanto para a rectificação de agora como para a vigência futura, em que ficaria fixada a idade de oitenta anos para morte obrigatória, obviamente em sentido figurado, apressou-se o presidente a acrescentar, sorrindo com indulgência. Desta maneira, as companhias passariam a cobrar os prémios na mais perfeita normalidade até à data em que o feliz segurado cumprisse o seu octogésimo aniversário, momento em que, uma vez que se havia convertido em alguém virtualmente morto, mandaria proceder à cobrança do montante integral do seguro, o qual lhe seria pontualmente satisfeito. Havia que acrescentar ainda, e isso não seria o menos interessante, que, no caso de assim o desejarem, os clientes poderiam renovar o seu contrato por mais oitenta anos, ao fim dos quais, para os efeitos devidos, se registaria o segundo óbito, repetindo-se o procedimento anterior, e assim sucessivamente. Ouviram-se murmúrios de admiração e algum esboço de aplauso entre os jornalistas entendidos em cálculo actuarial, que o presidente agradeceu baixando de leve a cabeça. Estratégica e tacticamente, a jogada tinha sido perfeita, ao ponto de que logo no dia a seguir começaram a afluir cartas às companhias de seguros dando por nulas e sem efeito as primeiras. Todos os segurados se declaravam dispostos a aceitar o acordo de cavalheiros proposto, graças ao qual se poderá dizer, sem exagero, que este foi um daqueles raríssimos casos em que ninguém perdia e todos ganhavam. Em especial as companhias de seguros, salvas da catástrofe por um cabelo. Já se espera que na próxima eleição o presidente da federação seja reconduzido no cargo que tão brilhantemente desempenha.

Da primeira reunião da comissão interdisciplinar tudo se pode dizer menos que tenha corrido bem. A culpa, se o pesado termo tem aqui cabimento, teve-a o dramático memorando levado ao governo pelos lares do feliz ocaso, em especial aquela cominatória frase que o rematava, Antes a morte, senhor primeiro-ministro, antes a morte que tal sorte. Quando os filósofos, divididos, como sempre, em pessimistas e optimistas, uns carrancudos, outros risonhos, se dispunham a recomeçar pela milésima vez a cediça disputa do copo de que não se sabe se está meio cheio ou meio vazio, a qual disputa, transferida para a questão que ali os chamara, se reduziria no final, com toda a probabilidade, a um mero inventário das vantagens ou desvantagens de estar morto ou de viver para sempre, os delegados das religiões apresentaram-se formando uma frente unida comum com a qual aspiravam a estabelecer o debate no único terreno dialéctico que lhes interessava, isto é, a aceitação explícita de que a morte era absolutamente fundamental para a realização do reino de deus e que, portanto, qualquer discussão sobre um futuro sem morte seria não só blasfema como absurda, porquanto teria de pressupor, inevitavelmente, um deus ausente, para não dizer simplesmente desaparecido. Não se tratava de uma atitude nova, o próprio cardeal já havia apontado o dedo ao busílis que significaria esta versão teológica da quadratura do círculo quando, na sua conversação telefónica com o primeiro-

-ministro, admitiu, ainda que por palavras muito menos claras, que se se acabasse a morte não poderia haver ressurreição, e que se não houvesse ressurreição, então não teria sentido haver igreja. Ora, sendo esta, pública e notoriamente, o único instrumento de lavoura de que deus parecia dispor na terra para lavrar os caminhos que deveriam conduzir ao seu reino, a conclusão óbvia e irrebatível é de que toda a história santa termina inevitavelmente num beco sem saída. Este ácido argumento saiu da boca do mais velho dos filósofos pessimistas, que não ficou por aqui e acrescentou acto contínuo, As religiões, todas elas, por mais voltas que lhes dermos, não têm outra justificação para existir que não seja a morte, precisam dela como do pão para a boca. Os delegados das religiões não se deram ao incómodo de protestar. Pelo contrário, um deles, conceituado integrante do sector católico, disse, Tem razão, senhor filósofo, é para isso mesmo que nós existimos, para que as pessoas levem toda a vida com o medo pendurado ao pescoço e, chegada a sua hora, acolham a morte como uma libertação, O paraíso, Paraíso ou inferno, ou cousa nenhuma, o que se passe depois da morte importa-nos muito menos que o que geralmente se crê, a religião, senhor filósofo, é um assunto da terra, não tem nada que ver com o céu, Não foi o que nos habituaram a ouvir, Algo teríamos que dizer para tornar atractiva a mercadoria, Isso quer dizer que em realidade não acreditam na vida eterna, Fazemos de conta. Durante um minuto ninguém falou. O mais velho dos pessimistas deixou que um vago e suave sorriso se lhe espalhasse na cara e mostrou o ar de quem tinha acabado de ver coroada de êxito uma difícil experiência de laboratório. Sendo assim, interveio um filósofo da ala optimista, porquê vos assusta tanto que a morte tenha acabado, Não sabemos se acabou, sabemos apenas que deixou de matar, não é o mesmo, De acordo, mas, uma vez que essa dúvida não está resolvida, mantenho a pergunta, Porque se os seres humanos não morressem tudo passaria a ser permitido, E isso seria mau, perguntou o filósofo velho, Tanto como não permitir nada. Houve um novo silêncio. Aos oito homens sentados ao redor da mesa tinha sido encomendado que reflectissem sobre as consequências de um futuro sem morte e que construíssem a partir dos dados do presente uma previsão plausível das novas questões com que a sociedade iria ter de enfrentar-se, além, escusado seria dizer, do inevitável agravamento das questões velhas. Melhor então seria não fazer nada, disse um dos filósofos optimistas, os problemas do futuro, o futuro que os resolva, O pior é que o futuro é já hoje, disse um dos pessimistas, temos aqui, entre outros, os memorandos elaborados pelos chamados lares do feliz ocaso, pelos hospitais, pelas agências funerárias, pelas companhias de seguros, e, salvo o caso destas, que sempre hão-de encontrar maneira de tirar proveito de qualquer situação, há que reconhecer que as perspectivas não se limitam a ser sombrias, são catastróficas, terríveis, excedem em perigos tudo o que a mais delirante imaginação pudesse conceber, Sem pretender ser irónico, o que nas actuais circunstâncias seria de péssimo gosto, observou um integrante não menos conceituado do sector protestante, parece-me que esta comissão já nasceu morta, Os lares do feliz ocaso têm razão, antes a morte que tal sorte, disse o porta-voz dos católicos, Que pensam então fazer, perguntou o pessimista mais idoso, além de propor a extinção imediata da comissão, como parece ser o vosso desejo, Por nossa parte, igreja católica, apostólica e romana, organizaremos uma campanha nacional de orações para rogar a deus que providencie o regresso da morte o mais rapidamente possível a fim de poupar a pobre humanidade aos piores horrores, Deus tem autoridade sobre a morte, perguntou um dos optimistas, São as duas caras da mesma moeda, de um lado o rei, do outro a coroa, Sendo assim, talvez tenha sido por ordem de deus que a morte se retirou, A seu tempo conheceremos os motivos desta provação, entretanto vamos pôr os rosários a trabalhar, Nós faremos o mesmo, refiro-me às orações, claro está, não aos rosários, sorriu o protestante, E também vamos fazer sair à rua em todo o país procissões a pedir a morte, da mesma maneira que já as fazíamos ad petendam pluviam, para pedir chuva, traduziu o católico, A tanto não chegaremos nós, essas procissões nunca fizeram parte das manias que cultivamos, tornou a sorrir o protestante. E nós, perguntou um dos filósofos optimistas em um tom que parecia anunciar o seu próximo ingresso nas fileiras contrárias, que vamos fazer a partir de agora, quando parece que todas as portas se fecharam, Para começar, levantar a sessão, respondeu o mais velho, E depois, Continuar a filosofar, já que nascemos para isso, e ainda que seja sobre o vazio, Para quê, Para quê, não sei, Então porquê, Porque a filosofia precisa tanto da morte como as religiões, se filosofamos é por saber que morreremos, monsieur de montaigne já tinha dito que filosofar é aprender a morrer.

Mesmo não sendo filósofos, ao menos no sentido mais comum do termo, alguns haviam conseguido aprender o caminho. Paradoxalmente, não tanto a aprender a morrer eles próprios, porque ainda não lhes teria chegado o tempo, mas a enganar a morte de outros, ajudando-a. O expediente utilizado, como não tardará a ver-se, foi uma nova manifestação da inesgotável capacidade inventiva da espécie humana. Numa aldeia qualquer, a poucos quilómetros da fronteira com um dos países limítrofes, havia uma família de camponeses pobres que tinha, por mal dos seus pecados, não um parente, mas dois, em estado de vida suspensa ou, como eles preferiam dizer, de morte parada. Um deles era um avô daqueles à antiga usança, um rijo patriarca que a doença havia reduzido a um mísero farrapo, ainda que não lhe tivesse feito perder por completo o uso da fala. O outro era uma criança de poucos meses a quem não tinham tido tempo de ensinar nem a palavra vida nem a palavra morte e a quem a morte real recusava dar-se a conhecer. Não morriam, não estavam vivos, o médico rural que os visitava uma vez por semana dizia que já nada podia fazer por eles nem contra eles, nem sequer injectar-lhes, a um e a outro, uma boa droga letal, daquelas que não há muito tempo teriam sido a solução radical para qualquer problema. Quando muito, talvez pudesse empurrá-los um passo na direcção aonde se supunha que a morte se encontraria, mas seria em vão, inútil, porque nesse preciso instante, inalcançável como antes, ela daria um passo atrás e guardaria a distância. A família foi pedir ajuda ao padre, que ouviu, levantou os olhos ao céu e não teve outra palavra para responder senão que todos estamos na mão de deus e que a misericórdia divina é infinita. Pois sim, infinita será, mas não o suficiente para ajudar o nosso pai e avô a morrer em paz nem para salvar um pobre inocentinho que nenhum mal fez ao mundo. Nisto estávamos, nem para a frente, nem para trás, sem remédio nem esperança dele, quando o velho falou, Que se chegue aqui alguém, disse, Quer água, perguntou uma das filhas, Não quero água, quero morrer, Bem sabe que o médico diz que não é possível, pai, lembre-se de que a morte acabou, O médico não entende nada, desde que o mundo começou a ser mundo sempre houve uma hora e um lugar para morrer, Agora não, Agora sim, Sossegue, pai, que lhe sobe a febre, Não tenho febre, e mesmo que a tivesse daria o mesmo, ouve-me com atenção, Estou a ouvir, Aproxima-te mais, antes que se me quebre a voz, Diga. O velho sussurrou algumas palavras ao ouvido da filha. Ela abanava a cabeça, mas ele insistia e insistia. Isso não vai resolver nada, pai, balbuciou ela estupefacta, pálida de espanto, Resolverá, E se não resolver, Não perderemos nada por experimentar, E se não resolver, É simples, trazem-me outra vez para casa, E o menino, O menino vai também, se eu lá ficar, ficará comigo. A filha tentou pensar, lia-se-lhe na cara a confusão, e finalmente perguntou, E por que não os trazemos e enterramos aqui, Imagina o que seria, dois mortos em casa numa terra onde ninguém, por mais que faça, consegue morrer, como o explicarias tu, além disso, tenho as minhas dúvidas de que a morte, tal como estão as cousas, nos deixasse regressar, É uma loucura, pai, Talvez seja, mas não vejo outro meio para sair desta situação, Queremo-lo vivo, e não morto, Mas não no estado em que me vês aqui, um vivo que está morto, um morto que parece vivo, Se é assim que quer, cumpriremos a sua vontade, Dá-me um beijo. A filha beijou-o na testa e saiu a chorar. Dali, lavada em lágrimas, foi anunciar ao resto da família que o pai havia determinado que o levassem nessa mesma noite ao outro lado da fronteira, lá onde, segundo a sua ideia, a morte, ainda em vigor nesse país, não teria mais remédio que aceitá-lo. A notícia foi recebida com um sentimento complexo de orgulho e resignação, orgulho porque não é cousa de todos os dias ver um ancião oferecer-se assim, por seu próprio pé, à morte que lhe foge, resignação porque perdido por um, perdido por cem, que se lhe há-de fazer, contra o que tem de ser toda a força sobra. Como está escrito que não se pode ter tudo na vida, o corajoso velho deixará em seu lugar nada mais que uma família pobre e honesta que certamente não se esquecerá de lhe honrar a memória. A família não era só esta filha que saiu a chorar e a criança que não tinha feito mal nenhum ao mundo, era também uma outra filha e o marido respectivo, pais de três meninos felizmente de boa saúde, mais uma tia solteira a quem já se lhe passou há muito a idade de casar. O outro genro, marido da filha que saiu a chorar, está a viver num país distante, emigrou para ganhar a vida e amanhã saberá que perdeu de uma só vez o único filho que tinha e o sogro a quem estimava. É assim a vida, vai dando com uma mão até que chega o dia em que tira tudo com a outra. Que importam pouco a este relato os parentescos de uns tantos camponeses que o mais provável é não voltarem a aparecer nele, melhor que ninguém o sabemos, mas pareceu-nos que não estaria bem, mesmo de um estrito ponto de vista técnico-narrativo, despachar em duas rápidas linhas precisamente aquelas pessoas que irão ser protagonistas de um dos mais dramáticos lances ocorridos nesta, embora certa, inverídica história sobre as intermitências da morte. Aí ficam, pois. Faltou-nos apenas dizer que a tia solteira ainda manifestou uma dúvida, Que dirá a vizinhança, perguntou, quando der por que já não estão aqui aqueles que, sem morrer, à morte estavam. Em geral a tia solteira não fala de uma maneira tão preciosa, tão rebuscada, mas se o fez agora foi para não rebentar em lágrimas, que assim sucederia se tivesse pronunciado o nome do menino que não tinha feito mal nenhum ao mundo e as palavras meu irmão. Respondeu-lhe o pai dos outros três meninos, Dizemos simplesmente o que se passou e esperamos as consequências, pela certa seremos acusados de fazer enterros clandestinos, fora do cemitério e sem conhecimento das autoridades, e ainda por cima noutro país, Oxalá não comecem nenhuma guerra por causa disto, disse a tia.

Era quase meia-noite quando saíram a caminho da fronteira. Como se suspeitasse de que algo de estranho estaria a tramar-se, a aldeia havia tardado mais do que o costume a recolher aos lençóis. Por fim, o silêncio tomou conta das ruas e as luzes das casas foram-se apagando uma a uma. A mula foi atrelada à carroça, depois, com muito esforço, apesar do pouco que pesava, o genro e as duas filhas fizeram descer o avô, tranquilizaram-no quando ele, em voz sumida, perguntou se levavam a pá e a enxada, Levamos, sim, esteja descansado, e logo a mãe da criança subiu, tomou-a ao colo, disse Adeus meu filho que não te torno a ver, e isto não era verdade, porque ela também iria na carroça com a irmã e o cunhado, posto que três não seriam de mais para a tarefa. A tia solteira não quis despedir-se dos viajantes que não regressariam e fechou-se no quarto com os sobrinhos. Como os aros metálicos das rodas da carroça causariam estrépito no empedrado irregular da calçada, com grave risco de fazerem aparecer à janela os moradores curiosos de saber aonde iriam os vizinhos àquela hora, deram um rodeio por caminhos de terra até que chegaram finalmente à estrada, fora da povoação. Não estavam muito longe da fronteira, mas o pior era que a estrada não os levaria lá, em certa altura teriam de a deixar e continuar por atalhos onde a carroça mal caberia, sem falar que o último troço tinha de ser feito a pé, por assim dizer a corta-mato, carregando com o avô sabe deus como. Felizmente o genro conhece bem aquelas paragens porque, além de as ter calcorreado como caçador, também, uma vez por outra, nelas havia exercido de contrabandista amador. Tardaram quase duas horas a chegar ao ponto onde teriam de deixar a carroça, e foi aí que o genro teve a ideia de levarem o avô em cima da mula, fiado na firmeza dos jarretes do animal. Desatrelaram a besta, aliviaram-na dos arreios supérfluos, e, com muito trabalho, trataram de içar o velho. As duas mulheres choravam Ai o meu querido pai, Ai o meu querido pai, e com as lágrimas ia-se-lhes a pouca força que ainda lhes restava. O pobre homem estava meio inconsciente, como se fosse já atravessando o primeiro umbral da morte. Não conseguimos, exclamou com desespero o genro, mas de súbito lembrou-se de que a solução seria montar primeiro ele próprio e puxá-lo depois para a cruz da mula, à sua frente, Levo-o abraçado, não há outra maneira, vocês ajudem daí. A mãe do menino foi à carroça ajeitar a pequena manta que o cobria, não fosse o pobrezinho colher frio, e voltou para ajudar a irmã, À uma, às duas, às três, disseram, mas foi como se nada, agora o corpo pesava que parecia chumbo, não puderam fazer mais que soerguê-lo do chão. Então deu-se uma cousa nunca vista, uma espécie de milagre, um prodígio, uma maravilha. Como se por um instante a lei da gravidade se tivesse suspendido ou passado a exercer-se ao contrário, de baixo para cima, o avô escapou-se suavemente das mãos das filhas e, por si mesmo, levitando, subiu para os braços estendidos do genro. O céu, que desde o princípio da noite havia estado coberto de pesadas nuvens que ameaçavam chuva, abriu-se e deixou aparecer a lua. Já podemos seguir, disse o genro, falando para a mulher, tu conduzes a mula. A mãe do menino abriu um pouco a manta para ver como estava o filho. As pálpebras, cerradas, eram como duas pequenas manchas pálidas, o rosto um desenho confuso. Então ela soltou um grito que varreu todo o espaço ao redor e fez estremecer nas suas covas os bichos do mato, Não, não serei eu quem leve o meu filho ao outro lado, não o trouxe à vida para entregá-lo à morte por minhas próprias mãos, levem o pai, eu fico aqui. A irmã veio para ela e perguntou-

-lhe, Preferes assistir, um ano atrás de outro, à sua agonia, Tens três filhos com saúde, falas de farta, O teu filho é como se fosse meu, Se é assim, leva-o tu, eu não posso, E eu não devo, seria matá-lo, Qual é a diferença, Não é o mesmo levar à morte e matar, pelo menos neste caso, tu és a mãe desse menino, não eu, Serias capaz de levar um dos teus filhos, ou todos eles, Penso que sim, mas não o poderei jurar, Então a razão tenho-a eu, Se é assim que queres, espera-nos, nós vamos levar o pai. A irmã afastou-se, agarrou a mula pela brida e perguntou, Vamos, o marido respondeu, Vamos, mas devagar, não quero que se me caia. A lua, cheia, brilhava. Em algum lugar, adiante, encontrava-se a fronteira, essa linha que só nos mapas é visível. Como iremos saber que chegámos, perguntou a mulher, O pai o saberá. Ela compreendeu e não fez mais perguntas. Continuaram a andar, ainda cem metros, ainda dez passos, e de súbito o homem disse, Chegámos, Acabou, Sim. Atrás deles uma voz repetiu, Acabou. A mãe do menino amparava pela última vez o filho morto no regaço do seu braço esquerdo, a mão direita segurava ao ombro a pá e a enxada de que os outros se tinham esquecido. Andemos um pouco mais, até àquele freixo, disse o cunhado. Ao longe, numa encosta, distinguiam-se as luzes de uma povoação. Pelo pisar da mula percebia-se que a terra se tornara macia, deveria ser fácil de cavar. Este sítio parece-me bom, disse por fim o homem, a árvore servir-nos-á de sinal para quando viermos trazer-lhes umas flores. A mãe do menino deixou cair a enxada e a pá e, suavemente, deitou o filho no chão. Depois, as duas irmãs, com mil cautelas para que não resvalasse, receberam o corpo do pai e, sem esperarem a ajuda do homem que já descia da mula, foram colocá-lo ao lado do neto. A mãe do menino soluçava, repetia monotonamente, Meu filho, meu pai, e a irmã veio e abraçou-se a ela, chorando também e dizendo, Foi melhor assim, foi melhor assim, a vida destes infelizes já não era vida. Ajoelharam-se ambas no chão a prantear os mortos que tinham vindo a enganar a morte. O homem já manejava a enxada, cavava, retirava com a pá a terra solta, e logo voltava a cavar. Para baixo a terra era mais dura, mais compacta, algo pedregosa, só ao cabo de meia hora de trabalho contínuo a cova ganhou profundidade suficiente. Não havia caixão nem mortalha, os corpos descansariam sobre a terra estreme, somente com as roupas que traziam postas. Unindo as forças, o homem e as duas mulheres, ele dentro da cova, elas fora, uma de cada lado, fizeram descer devagar o corpo do velho, elas sustentando-o pelos braços abertos em cruz, ele amparando-o até que tocou o fundo. As mulheres não paravam de chorar, o homem tinha os olhos secos, mas todo ele tremia, como se estivesse atacado de sezões. Ainda faltava o pior. Entre lágrimas e gemidos, o menino foi descido, arrumado ao lado do avô, mas ali não estava bem, um vultozinho pequeno, insignificante, uma vida sem importância, deixado à parte como se não pertencesse à família. Então o homem curvou-se, tomou a criança do chão, deitou-a de bruços sobre o peito do avô, depois os braços deste foram cruzados sobre o corpinho minúsculo, agora sim, já estão acomodados, preparados para o seu descanso, podemos começar a lançar-lhes a terra para cima, com jeito, pouco a pouco, para que ainda possam olhar-nos por algum tempo mais, para que possam despedir-se de nós, ouçamos o que estão dizendo, adeus minhas filhas, adeus meu genro, adeus meus tios, adeus minha mãe. Quando a cova ficou cheia, o homem calcou e alisou a terra para que não se percebesse, se alguém passasse por ali, que havia gente enterrada. Colocou uma pedra à cabeceira e outra mais pequena aos pés, a seguir espalhou sobre a cova as ervas que havia cortado antes com a enxada, outras plantas, vivas, em poucos dias virão tomar o lugar destas que, murchas, mortas, ressequidas, entrarão no ciclo alimentar da mesma terra de que haviam brotado. O homem mediu a passos largos a distância entre a árvore e a cova, doze foram, depois pôs ao ombro a pá e a enxada, Vamos, disse. A lua desaparecera, o céu estava outra vez coberto. Começou a chover quando acabavam de atrelar a mula à carroça.

Os actores do dramático lance que acaba de ser descrito com desusada minúcia num relato que até agora havia preferido oferecer ao leitor curioso, por assim dizer, uma visão panorâmica dos factos, foram, quando da sua inopinada entrada em cena, socialmente classificados como camponeses pobres. O erro, resultante de uma impressão precipitada do narrador, de um exame que não passou de superficial, deverá, por respeito à verdade, ser imediatamente rectificado. Uma família camponesa pobre, das realmente pobres, nunca chegaria a ser proprietária de uma carroça nem teria posses para sustentar um animal de tanto alimento como é a mula. Tratava-se, sim, de uma família de pequenos agricultores, gente remediada na modéstia do meio em que viviam, pessoas com educação e instrução escolar suficiente para poderem manter entre si diálogos não só gramaticalmente correctos, mas também com aquilo a que, à falta de melhor, alguns costumam chamar conteúdo, outros substância, outros, mais terra-a-terra, miolo. Se assim não fosse, nunca jamais a tia solteira teria sido capaz de pôr de pé aquela tão formosa frase antes comentada, Que dirá a vizinhança quando der por que já não estão aqui aqueles que, sem morrer, à morte estavam. Corrigido a tempo o lapso, posta a verdade no seu lugar, vejamos então o que disse a vizinhança. Apesar das precauções tomadas, alguém vira a carroça e estranhara a saída daqueles três a tais horas. Precisamente foi essa a pergunta que o vizinho vigilante fizera mentalmente, Aonde irão aqueles três a esta hora da noite, repetida na manhã seguinte, com uma pequena mudança, ao genro do velho agricultor, Aonde iam vocês àquela hora da noite. O interpelado respondeu que tinham ido tratar de um assunto, mas o vizinho não se deu por satisfeito, Um assunto à meia-noite, de carroça, com a tua mulher e a tua cunhada, caso raro, disse ele, Será raro, mas foi assim mesmo, E donde vinham vocês quando o céu já começava a clarear, Não é da tua conta, Tens razão, desculpa, realmente não é da minha conta, mas em todo o caso suponho que te posso perguntar como se encontra o teu sogro, Na mesma, E o teu sobrinho pequeno, Também, Ah, estimo as melhoras de ambos, Obrigado, Até logo, Até logo. O vizinho deu uns passos, parou, voltou atrás, Pareceu-me ver que levavam algo na carroça, pareceu-me ver que a tua irmã tinha uma criança ao colo, e, se assim era, então o mais provável é que o vulto deitado que me pareceu ver, coberto com uma manta, fosse o teu sogro, tanto mais, Tanto mais, quê, Tanto mais que no regresso a carroça vinha vazia e a tua irmã não trazia nenhuma criança ao colo, Pelos vistos, não dormes de noite, Tenho o sono leve, acordo com facilidade, Acordaste quando nos fomos, acordaste quando voltámos, a isso se chama coincidência, Assim é, E queres que te diga o que se passou, Se essa for a tua vontade, Vem comigo. Entraram em casa, o vizinho cumprimentou as três mulheres, Não quero incomodar, disse contrafeito, e esperou. Serás a primeira pessoa a saber, disse o genro, e não terás de guardar segredo porque não to vamos pedir, Não digas senão o que realmente queiras dizer, O meu sogro e o meu sobrinho morreram esta noite, levámo-los ao outro lado da fronteira, lá onde a morte continua em actividade, Mataram-nos, exclamou o vizinho, De certa maneira, sim, uma vez que eles não poderiam ter ido por seu pé, de certa maneira, não, porque o fizemos por ordem do meu sogro, quanto ao menino, pobrezinho, esse não tinha querer nem vida para viver, ficaram enterrados ao pé de um freixo, podia dizer-se que abraçados um ao outro. O vizinho levou as mãos à cabeça, E agora, Agora tu vais contá-lo a toda a aldeia, seremos presos e levados à polícia, provavelmente julgados e condenados pelo que não fizemos, Fizeram, sim, Um metro antes da fronteira ainda estavam vivos, um metro depois já estavam mortos, diz-me tu quando foi que os matámos, e como, Se não os tivessem levado, Sim, estariam aqui, esperando a morte que não vinha. Caladas, serenas, as três mulheres olhavam o vizinho. Vou-me embora, disse ele, realmente desconfiava de que algo tinha acontecido, mas nunca pensei que fosse isto, Tenho um pedido a fazer-te, disse o genro, Qual, Que me acompanhes à polícia, assim não terás tu que ir de porta em porta, por aí, a contar às pessoas os horríveis crimes que cometemos, imagine-se, parricídio, infanticídio, santo deus, que monstros vivem nesta casa, Não o contaria dessa maneira, Bem sei, acompanhas-me, Quando, Agora mesmo, o ferro deve bater-se enquanto está quente, Vamos.

Não foram nem condenados nem julgados. Como um rastilho, a notícia correu veloz por todo o país, os meios de comunicação vituperaram os infames, as irmãs assassinas, o genro instrumento do crime, choraram-se lágrimas sobre o ancião e o inocentinho como se eles fossem o avô e o neto que toda a gente desejaria ter tido, pela milésima vez jornais bem pensantes que actuavam como barómetros da moralidade pública apontaram o dedo à imparável degradação dos valores tradicionais da família, fonte, causa e origem de todos os males em sua opinião, e eis senão quando quarenta e oito horas depois começaram a chegar informações sobre práticas idênticas que estavam a ocorrer em todas as regiões fronteiriças. Outras carroças e outras mulas levaram outros corpos inermes, falsas ambulâncias deram voltas e voltas por azinhagas abandonadas para chegarem ao lugar onde deviam descarregá-los, atados no trajecto, em geral, pelos cintos de segurança ou, em algum censurável caso, escondidos nos porta-bagagens e tapados com uma manta, carros de todas as marcas, modelos e preços transportaram a essa nova guilhotina cujo fio, com perdão da comparação libérrima, era a finíssima linha da fronteira, invisível a olho nu, aqueles infelizes a quem a morte, no lado de cá, havia mantido em situação de pena suspensa. Nem todas as famílias que assim procederam poderiam alegar em sua defesa os motivos de algum modo respeitáveis, ainda que obviamente discutíveis, apresentados pelos nossos conhecidos e angustiados agricultores que, muito longe de imaginarem as consequências, haviam dado início ao tráfico. Algumas não quiseram ver no expediente de ir despejar o pai ou o avô em território estrangeiro senão uma maneira limpa e eficaz, radical seria um termo mais exacto, de se verem livres dos autênticos pesos mortos que os seus moribundos eram lá em casa. Os meios de comunicação que antes tinham vituperado energicamente as filhas e o genro do velho enterrado com o neto, incluindo depois nessa reprovação a tia solteira, acusada de cumplicidade e conivência, estigmatizavam agora a crueldade e a falta de patriotismo de pessoas aparentemente decentes que nesta circunstância de gravíssima crise nacional tinham deixado cair a máscara hipócrita por trás da qual escondiam o seu verdadeiro carácter. Apertado pelos governos dos três países limítrofes e pela oposição política interna, o chefe do governo condenou a desumana acção, apelou ao respeito pela vida e anunciou que as forças armadas tomariam imediatamente posições ao longo da fronteira para impedir a passagem de qualquer cidadão em estado de diminuição física terminal, quer fosse o intento de sua própria iniciativa, quer determinado por arbitrária decisão de parentes. No fundo, no fundo, mas disto, claro está, não ousou falar o primeiro-ministro, o governo não via com tão maus olhos um êxodo que, em última análise, serviria o interesse do país na medida em que ajudaria a baixar uma pressão demográfica em aumento contínuo desde há três meses, embora ainda longe de atingir níveis realmente inquietantes. Também não disse o chefe do governo que nesse mesmo dia se havia reunido discretamente com o ministro do interior a fim de planear a colocação de vigilantes, ou espias, em todas as localidades do país, cidades, vilas e aldeias, com a missão de comunicarem às autoridades qualquer movimento suspeito de pessoas afins a padecentes em situação de morte suspensa. A decisão de intervir ou não intervir seria ponderada caso por caso, uma vez que não era objectivo do governo travar totalmente este surto migratório de novo tipo, mas sim dar uma satisfação parcial às preocupações dos governos dos países com fronteiras comuns, o suficiente para calarem por um tempo as reclamações. Não estamos aqui para fazer o que eles querem, disse com autoridade o primeiro-ministro, Ainda vão ficar fora do plano os pequenos casarios, as herdades, as casas isoladas, notou o ministro do interior, A esses vamos deixá-los à vontade, que façam o que entenderem, bem sabe, meu caro ministro, por experiência, que é impossível colocar um polícia ao pé de cada pessoa.

Durante duas semanas o plano funcionou mais ou menos na perfeição, mas, a partir daí, uns quantos vigilantes começaram a queixar-se de que estavam a receber ameaças pelo telefone, cominando-os, se queriam viver uma vida tranquila, a fazerem vista grossa ao tráfico clandestino de padecentes terminais, e mesmo a fechar os olhos por completo se não queriam aumentar com o seu próprio corpo a quantidade das pessoas de cuja observação haviam sido encarregados. Não eram palavras vãs, como logo se viu quando as famílias de quatro vigilantes foram avisadas por telefonemas anónimos de que deveriam ir recolhê-los em sítios determinados. Tal como se encontravam, isto é, não mortos, mas também não vivos. Perante a gravidade da situação, o ministro do interior decidiu mostrar o seu poder ao desconhecido inimigo, ordenando, por um lado, que os espias intensificassem a acção investigadora, e, por outro lado, cancelando o sistema de conta-gotas, este sim, este não, que vinha sendo aplicado de acordo com a táctica do primeiro-ministro. A resposta foi imediata, outros quatro vigilantes sofreram a triste sorte dos anteriores, mas, neste caso, não houve mais que uma chamada telefónica, dirigida ao próprio ministério do interior, o que poderia ser interpretado como uma provocação, mas igualmente como uma acção determinada pela pura lógica, como quem diz Nós existimos. A mensagem, porém, não ficou por aqui, trazia anexa uma proposta construtiva, Estabeleçamos um acordo de cavalheiros, disse a voz do outro lado, o ministério manda retirar os vigilantes e nós encarregamo-nos de transportar discretamente os padecentes, Quem são vocês, perguntou o director de serviço que atendera a chamada, Apenas um grupo de pessoas amantes da ordem e da disciplina, gente altamente competente na sua especialidade, que detesta confusões e cumpre sempre o que promete, gente honesta, enfim, E esse grupo tem nome, quis saber o funcionário, Há quem nos chame máphia, com ph, Porquê com ph, Para nos distinguirmos da outra, da clássica, O estado não faz acordos com máfias, Em papéis com assinaturas reconhecidas por notário, certamente que não, Nem esses nem outros, Que cargo é o seu, Sou director de serviço, Quer dizer, alguém que não conhece nada da vida real, Tenho as minhas responsabilidades, A única que nos interessa neste momento é que faça chegar a proposta a quem de direito, ao ministro, se a ele tem acesso, Não tenho acesso ao senhor ministro, mas esta conversação será imediatamente transmitida à hierarquia, O governo terá quarenta e oito horas para estudar a proposta, nem um minuto mais, mas previna já a sua hierarquia de que haverá novos vigilantes em coma se a resposta não for a que esperamos, Assim farei, Depois de amanhã, a esta mesma hora, voltarei a telefonar para conhecer a decisão, Tomei nota, Foi um prazer falar consigo, Não poderei eu dizer o mesmo, Estou certo de que começará a mudar de opinião quando souber que os vigilantes regressaram sãos e salvos a suas casas, se ainda não se esqueceu das orações da sua infância, vá rezando para que isso aconteça, Compreendo, Sabia que compreenderia, Assim é, Quarenta e oito horas, nem um minuto a mais, Com certeza não serei eu a atendê-lo, Pois eu tenho a certeza de que sim, Porquê, Porque o ministro não quererá falar directamente comigo, além disso, se as cousas correrem mal será você a carregar com as culpas, lembre-se de que o que propomos é um acordo de cavalheiros, Sim senhor, Boas tardes, Boas tardes. O director de serviço retirou a fita magnética do gravador e foi falar com a hierarquia.

Meia hora depois a cassete estava nas mãos do ministro do interior. Este ouviu, tornou a ouvir, ouviu terceira vez, depois perguntou, Esse seu director de serviço é pessoa de confiança, Até hoje não tive a menor razão de queixa, respondeu a hierarquia, Também nem a maior, espero, Nem a maior nem a menor, disse a hierarquia, que não tinha percebido a ironia. O ministro retirou a cassete do gravador e pôs-se a desenrolar a fita. Quando terminou, juntou-a num grande cinzeiro de cristal e chegou-lhe a chama do isqueiro. A fita começou a enrugar-se, a encarquilhar-se, e em menos de um minuto estava transformada num enredado enegrecido, quebradiço e informe. Eles também devem ter gravado o diálogo com o director de serviço, disse a hierarquia, Não importa, qualquer poderia simular uma conversação ao telefone, para isso bastavam duas vozes e um gravador, o que contava, aqui, era destruir a nossa fita, queimado o original ficaram de antemão queimadas todas as cópias que a partir dele se poderiam vir a fazer, Não necessita que lhe diga que a operadora telefónica conserva os registos, Providenciaremos para que esses desapareçam também, Sim senhor, agora, se me permite, retiro-me, deixo-o a pensar no assunto, Já está pensado, não se vá embora, Realmente não me surpreende, o senhor ministro goza do privilégio de ter um pensamento agilíssimo, O que acaba de dizer seria uma lisonja se não fosse realidade, é verdade, penso com rapidez, Vai aceitar a proposta, Vou fazer uma contraproposta, Temo que eles não a aceitem, os termos em que o emissário falou, além de peremptórios, eram mais do que ameaçadores, haverá novos vigilantes em coma se a resposta não vier a ser a que esperamos, estas foram as palavras, Meu caro, a resposta que vamos dar-lhes é precisamente a que esperam, Não compreendo, Meu caro, o seu problema, digo-o sem ânimo de ofender, é não ser capaz de pensar como um ministro, Culpa minha, lamento, Não lamente, se alguma vez o chamarem a servir o país em funções ministeriais perceberá que o cérebro lhe dará uma volta no preciso momento em que se sentar numa cadeira como esta, nem imagina a diferença, Também não ganharia nada em criar fantasias, sou um funcionário, Conhece o ditado antigo, nunca digas desta água não beberei, Agora mesmo tem aí o senhor ministro uma água bastante amarga para beber, disse a hierarquia apontando os restos da fita queimada, Quando se segue uma estratégia bem definida e se conhecem com suficiência os dados da questão, não é difícil traçar uma linha de acção segura, Sou todo ouvidos, senhor ministro, Depois de amanhã, o seu director de serviço, uma vez que será ele quem irá responder ao emissário, é ele o negociador por parte do ministério, e ninguém mais, dirá que concordámos em examinar a proposta que nos fizeram, mas imediatamente adiantará que a opinião pública e a oposição ao governo jamais permitiriam que esses milhares de vigilantes fossem retirados da sua missão sem uma explicação aceitável, E está claro que a explicação aceitável não poderia ser que a máphia passou a tomar conta do negócio, Assim é, embora o mesmo pudesse ter sido dito em termos mais escolhidos, Desculpe, senhor ministro, saiu-me sem pensar, Bem, chegados a este ponto, o director de serviço apresentará a contraproposta, a que também poderemos chamar sugestão alternativa, isto é, os vigilantes não serão retirados, permanecerão nos lugares onde agora se encontram, mas desactivados, Desactivados, Sim, creio que a palavra é bastante clara, Sem dúvida, senhor ministro, apenas manifestei a minha surpresa, Não vejo de quê, é a única maneira que temos de não parecer que cedemos à chantagem desse bando de patifes, Ainda que em realidade tenhamos cedido, O importante é que não pareça, que mantenhamos a fachada, o que acontecer por trás dela já não será da nossa responsabilidade, Por exemplo,

Imaginemos que interceptamos agora um transporte e prendemos os tipos, não é preciso dizer que esses riscos já estavam incluídos na factura que os parentes tiveram de pagar, Não haverá factura nem recibo, a máphia não paga impostos, É uma maneira de falar, o que interessa neste caso é o facto de que todos acabaremos ganhando, nós, que nos tiramos um peso de cima, os vigilantes, que não voltarão a ser lesados na sua integridade física, as famílias, que descansarão sabendo que os seus mortos-vivos se converteram finalmente em vivos-mortos, e a máphia, que cobrará pelo trabalho, Um arranjo perfeito, senhor ministro, Que aliás conta com a fortíssima garantia de que ninguém estará interessado em abrir a boca, Creio que tem razão, Talvez, meu caro, o seu ministro lhe esteja parecendo demasiado cínico, De modo algum, senhor ministro, só admiro a rapidez com que conseguiu pôr tudo isso de pé, tão firme, tão lógico, tão coerente, A experiência, meu caro, a experiência, Vou falar com o director de serviço, transmitir-lhe as suas instruções, estou convencido de que dará boa conta do recado, tal como eu tinha dito antes, nunca me deu a menor razão de queixa, Nem a maior, creio, Nem nenhumas destas nem nenhumas daquelas, respondeu a hierarquia, que tinha compreendido enfim a finura do jocoso toque.

Tudo, ou quase tudo, para sermos mais precisos, se passou como o ministro havia previsto. Exactamente à hora marcada, nem um minuto antes, nem um minuto depois, o emissário da associação de delinquentes que a si mesma se denomina máphia telefonou para ouvir o que o ministério tinha para dizer. O director de serviço desobrigou-se com nota alta da incumbência que lhe havia sido adjudicada, foi firme e claro, persuasivo na questão fundamental, isto é, os vigilantes permaneceriam nos seus lugares, porém desactivados, e teve a satisfação de receber em troca, e logo transmitir à hierarquia, a melhor das respostas possíveis na actual circunstância, a de que a sugestão alternativa do governo iria ser atentamente examinada e de que passadas vinte e quatro horas seria feita outra chamada. Assim sucedeu. Do exame tinha resultado que a proposta do governo poderia ser aceite, mas com uma condição, a de que só deveriam ser desactivados os vigilantes que se mantivessem leais ao governo, ou, por outras palavras, aqueles a quem a máphia, simplesmente, não tivesse convencido a colaborar com o novo patrão, isto é, ela própria. Façamos um esforço para entender o ponto de vista dos criminosos. Colocados perante uma complexa operação de longa duração e à escala nacional, e tendo de empregar uma boa parte do seu mais experimentado pessoal nas visitas às famílias que em princípio estariam inclinadas a desfazer-se dos seus entes queridos para louvavelmente os poupar a sofrimentos não só inúteis, como eternos, estava mui claro que lhes conviria, na medida do possível, e utilizando para tal as suas armas preferidas, corrupção, suborno, intimidação, aproveitar os serviços da gigantesca rede de informadores já montada pelo governo. Foi contra esta pedra de súbito atirada ao meio do caminho que a estratégia do ministro do interior esbarrou com grave dano para a dignidade do estado e do governo. Entalado entre a espada e a parede, entre sila e caribdes, entre a cruz e a caldeirinha, correu a consultar o primeiro-ministro sobre o inesperado nó górdio surgido. O pior de tudo era que as cousas haviam ido demasiado longe para que se pudesse agora voltar atrás. O chefe do governo, apesar de mais experiente que o ministro do interior, não encontrou melhor saída para a dificuldade que propor uma nova negociação, agora com o estabelecimento de uma espécie de numerus clausus, qualquer cousa como o máximo de vinte e cinco por cento do número total de vigilantes em actividade que passariam a trabalhar para a outra parte. Mais uma vez viria a caber ao director de serviço transmitir a um interlocutor já impaciente a plataforma conciliatória com a qual, forçados pela sua própria ansiedade a acalentar esperanças, o chefe do governo e o ministro do interior acreditavam que o acordo viria a ser finalmente homologado. Sem assinaturas, uma vez que se tratava de um acordo de cavalheiros, desses em que é suficiente o simples empenho da palavra, prescindindo, como nos explica o dicionário, de formalidades legais. Era não fazer a menor ideia do retorcido e maligno que é o espírito dos maphiosos. Em primeiro lugar, não marcaram um prazo para a resposta, deixando sobre áscuas o pobre do ministro do interior, já resignado a entregar a sua carta de demissão. Em segundo lugar, quando ao cabo de vários dias lhes ocorreu que deviam telefonar foi somente para dizer que ainda não haviam chegado a nenhuma conclusão sobre se a plataforma seria toleravelmente conciliatória para eles, e, de passagem, assim como quem não quer a cousa, aproveitaram a ocasião para informar que não tinham qualquer responsabilidade no facto lamentável de no dia anterior terem sido encontrados em péssimo estado de saúde mais quatro vigilantes. Em terceiro lugar, graças a que toda a espera tem seu fim, feliz ou infeliz ele seja, a resposta que acabou por ser comunicada ao governo pela direcção nacional maphiosa, via director de serviço e hierarquia, dividia-se em dois pontos, a saber, ponto a, o numerus clausus não seria de vinte e cinco por cento, mas de trinta e cinco, ponto b, sempre que o considerasse conveniente para os seus interesses, e sem necessidade de prévia consulta às autoridades e menos ainda consentimento, a organização exigia que lhe fosse reconhecido o direito de transferir vigilantes ao seu próprio serviço para lugares onde se encontrassem vigilantes desactivados, sendo escusado dizer que aqueles iriam ocupar os lugares destes. Era pegar ou largar. Vê alguma maneira de fugir a esta disjuntiva, perguntou o chefe do governo ao ministro do interior, Não creio sequer que ela exista, senhor, se recusarmos, calculo que iremos ter quatro vigilantes inutilizados para o serviço e para a vida em cada dia que passe, se aceitarmos, ficaremos nas mãos dessa gente deus sabe por quanto tempo, Para sempre, ou ao menos enquanto houver famílias que se queiram ver livres a qualquer preço dos empecilhos que têm lá em casa, Isso acaba de dar-me uma ideia, Não sei se deva alegrar-me, Tenho feito o melhor que posso, senhor primeiro-ministro, se me tornei num empecilho de outro tipo só tem que dizer uma palavra, Adiante, não seja tão susceptível, que ideia é essa, Creio, senhor primeiro-ministro, que nos encontramos perante um claríssimo exemplo de oferta e procura, E isso a que propósito vem, estamos a falar de pessoas que neste momento só têm uma maneira de morrer, Tal como na dúvida clássica de saber o que apareceu primeiro, se o ovo, se a galinha, também nem sempre é possível distinguir se foi a procura que precedeu a oferta ou se, pelo contrário, foi a oferta que pôs em movimento a procura, Estou a ver que não seria de má política tirá-lo da pasta do interior e passá-lo para a economia, Não são assim tão diferentes, senhor primeiro-ministro, da mesma maneira que no interior existe uma economia, existe também na economia um interior, são vasos comunicantes, por assim dizer, Não divague, diga-me qual é a ideia, Se àquela primeira família não lhe tivesse ocorrido que a solução do problema podia estar à sua espera no outro lado da fronteira, talvez a situação em que hoje nos encontramos fosse diferente, se muitas famílias não lhe tivessem seguido o exemplo depois, a máphia não teria aparecido a querer explorar um negócio que simplesmente não existiria, Teoricamente assim é, ainda que, como sabemos, eles sejam capacíssimos de espremer de uma pedra a água que lá não está e depois vendê-la mais cara, de um modo ou outro continuo sem ver que ideia é essa sua, É simples, senhor primeiro-ministro, Oxalá o seja, Em poucas palavras, estancar o caudal da oferta, E isso como se conseguiria, Convencendo as famílias, em nome dos mais sagrados princípios de humanidade, de amor ao próximo e de solidariedade, a ficar com os seus enfermos terminais em casa, E como crê que poderá produzir esse milagre, Estou a pensar numa grande campanha de publicidade em todos os meios de difusão, imprensa, televisão e rádio, incluindo desfiles de rua, sessões de esclarecimento, distribuição de panfletos e autocolantes, teatro de rua e de sala, cinema, sobretudo dramas sentimentais e desenhos animados, uma campanha capaz de emocionar até às lágrimas, uma campanha que leve ao arrependimento os parentes desencaminhados dos seus deveres e obrigações, que torne as pessoas solidárias, abnegadas, compassivas, estou convencido de que em pouquíssimo tempo as famílias pecadoras se tornariam conscientes da imperdoável crueza do seu actual comportamento e regressariam aos valores transcendentes que ainda não há muito tempo eram os seus mais sólidos alicerces, As minhas dúvidas aumentam a cada minuto, agora pergunto-me se não deveria antes entregar-lhe a pasta da cultura, ou a dos cultos, para a qual também lhe encontro certa vocação, Ou então, senhor primeiro-ministro, reunir as três pastas no mesmo ministério, E já agora também a de economia, Sim, por aquilo dos vasos comunicantes, Para o que não serviria, meu caro, seria para a propaganda, essa ideia de uma campanha de publicidade que fizesse regressar as famílias ao redil das almas sensíveis é um perfeito disparate, Porquê, senhor primeiro-ministro, Porque, em realidade, campanhas desse tipo só aproveitam a quem cobrou por elas, Temos feito muitas, Sim, com os resultados que se conhecem, além disso, para tornar à questão que nos deve ocupar, ainda que a sua campanha viesse a dar resultado, não seria nem para hoje nem para amanhã, e eu tenho de tomar uma decisão agora mesmo, Aguardo as suas ordens, senhor primeiro-ministro. O chefe do governo sorriu com desalento, Tudo isto é ridículo, absurdo, disse, sabemos muito bem que não temos por onde escolher e que as propostas que fizemos só serviram para agravar a situação, Sendo assim, Sendo assim, e se não queremos carregar a consciência com quatro vigilantes por dia empurrados à cacetada para o portão de entrada da morte, não nos resta outro caminho que não seja aceitar as condições que nos propuseram, Podíamos desencadear uma operação policial relâmpago, uma captura fulminante, meter na cadeia umas quantas dezenas de maphiosos, talvez conseguíssemos fazê-los recuar, A única maneira de liquidar o dragão é cortar-lhe a cabeça, aparar-lhe as unhas não serve de nada, Para algo serviria, Quatro vigilantes por dia, recorde, senhor ministro do interior, quatro vigilantes por dia, melhor é reconhecer que nos encontramos atados de pés e mãos, A oposição vai atacar-nos com a maior violência, acusar-nos-ão de ter vendido o país à máphia, Não dirão país, dirão pátria, Pior ainda, Esperemos que a igreja nos queira dar uma ajuda, imagino que deverão ser receptivos ao argumento de que, além de lhe fornecermos uns quantos mortos úteis, foi para salvar vidas que tomámos esta decisão, Já não se pode dizer salvar vidas, senhor primeiro-ministro, isso era antes, Tem razão, vai ser preciso inventar outra expressão. Houve um silêncio. Depois o chefe do governo disse, Acabemos com isto, dê as necessárias instruções ao seu director de serviço e comece a trabalhar no plano de desactivação, também precisamos de saber quais são as ideias da máphia sobre a distribuição territorial dos vinte e cinco por cento de vigilantes que constituirão o numerus clausus, Trinta e cinco por cento, senhor primeiro-ministro, Não lhe agradeço que me tenha recordado que a nossa derrota ainda foi maior do que aquela que desde o princípio já parecia inevitável, É um dia triste, As famílias dos quatro seguintes vigilantes, se soubessem o que se está a passar aqui, não lhe chamariam assim, E pensarmos nós que esses quatro vigilantes poderão estar amanhã a trabalhar para a máphia, Assim é a vida, meu caro titular do ministério dos vasos comunicantes, Do interior, senhor primeiro-ministro, do interior, Esse é o depósito central.

Poder-se-ia pensar que, após tantas e tão vergonhosas cedências como haviam sido as do governo durante o sobe-e-desce das transacções com a máphia, indo ao extremo de consentir que humildes e honestos funcionários públicos passassem a trabalhar a tempo inteiro para a organização criminosa, poder-se-ia pensar, dizíamos, que já não seriam possíveis maiores baixezas morais. Infelizmente, quando se avança às cegas pelos pantanosos terrenos da realpolitik, quando o pragmatismo toma conta da batuta e dirige o concerto sem atender ao que está escrito na pauta, o mais certo é que a lógica imperativa do aviltamento venha a demonstrar, afinal, que ainda havia uns quantos degraus para descer. Através do ministério competente, o da defesa, chamado da guerra em tempos mais sinceros, foram despachadas instruções para que as forças do exército que haviam sido colocadas ao longo da fronteira se limitassem a vigiar as estradas principais, em especial aquelas que dessem saída para os países vizinhos, deixando entregues à sua bucólica paz as de segunda e terceira categoria, e também, por maioria de razões, a miúda rede dos caminhos vicinais, das veredas, das azinhagas, dos carreiros e dos atalhos. Como não podia deixar de ser, isto significou o regresso a quartéis da maior parte dessas forças, o que, se é verdade ter dado um alegrão à tropa rasa, incluindo cabos e furriéis, fartos, todos eles, de sentinelas e rondas diurnas e nocturnas, veio causar, muito pelo contrário, um declarado descontentamento na classe de sargentos, pelos vistos mais conscientes que o restante pessoal da importância dos valores de honra militar e de serviço à pátria. No entanto, se o movimento capilar desse desgosto pôde ascender até aos alferes, se depois perdeu um tanto do seu ímpeto à altura dos tenentes, o certo é que tornou a ganhar força, e muita, quando alcançou o nível dos capitães. Claro que nenhum deles se atreveria a pronunciar em voz alta a perigosa palavra máphia, mas, quando debatiam uns com os outros, não podiam evitar a lembrança de como nos dias anteriores à desmobilização tinham sido interceptadas numerosas furgonetas que transportavam enfermos terminais, as quais levavam ao lado do condutor um vigilante oficialmente credenciado que, antes mesmo que lho pedissem, exibia, com todos os necessários timbres, assinaturas e carimbos apostos, um papel em que, por motivo de interesse nacional, expressamente se autorizava a deslocação do padecente fulano de tal a destino não especificado, mais se determinando que as forças militares deveriam considerar-se obrigadas a prestar toda a colaboração que lhes fosse solicitada, com vista a garantir aos ocupantes de cada furgoneta a perfeita efectividade da operação de traslado. Nada disto poderia suscitar dúvidas no espírito dos dignos sargentos se, pelo menos em sete casos, não se tivesse dado a estranha casualidade de o vigilante haver piscado um olho ao soldado no preciso momento em que lhe passava o documento para verificação. Considerando a dispersão geográfica dos lugares em que estes episódios da vida de campanha tinham ocorrido, foi imediatamente posta de parte a hipótese de se tratar de um gesto, digamo-lo assim, equívoco, algo que tivesse que ver com os manejos da mais primária sedução entre pessoas do mesmo sexo ou de sexos diferentes, para o caso tanto fazia. O nervosismo de que os vigilantes deram então claras mostras, uns mais do que outros, é certo, mas todos de tal maneira que mais pareciam estar a deitar uma garrafa ao mar com um papel lá dentro a pedir socorro, foi o que levou a perspicaz corporação dos sargentos a pensar que nas furgonetas iria escondido aquele sobre todos famoso gato que sempre arranja modo de deixar a ponta do rabo de fora quando quer que o descubram. Viera depois a inexplicável ordem de regresso aos quartéis, logo uns zunzuns aqui e além, nascidos não se sabe como nem onde, mas que alguns alvissareiros, em confidência, insinuavam poder ser o próprio ministério do interior. Os jornais da oposição fizeram-se eco do mau ambiente que estaria a respirar-se nos quartéis, os jornais afectos ao governo negaram veementemente que tais miasmas estivessem a envenenar o espírito de corpo das forças armadas, mas o certo é que os rumores de que um golpe militar estaria em preparação, embora ninguém soubesse explicar porquê e para quê, cresceram por toda a parte e fizeram com que, de momento, tivesse passado a um segundo plano de interesse público o problema dos enfermos que não morriam. Não que ele estivesse esquecido, como o provava uma frase então posta a circular e muito repetida pelos frequentadores dos cafés, Ao menos, dizia-se, mesmo que venha a haver um golpe militar, de uma cousa poderemos estar certos, por mais tiros que derem uns nos outros não conseguirão matar ninguém. Esperava-se a todo o momento um dramático apelo do rei à concórdia nacional, uma comunicação do governo anunciando um pacote de medidas urgentes, uma declaração dos altos comandos do exército e da aviação, porque, não havendo mar, marinha também não havia, protestando fidelidade absoluta aos poderes legitimamente constituídos, um manifesto dos escritores, uma tomada de posição dos artistas, um concerto solidário, uma exposição de cartazes revolucionários, uma greve geral promovida em conjunto pelas duas centrais sindicais, uma pastoral dos bispos chamando à oração e ao jejum, uma procissão de penitentes, uma distribuição maciça de panfletos amarelos, azuis, verdes, vermelhos, brancos, chegou mesmo a falar-se em convocar uma gigantesca manifestação na qual participassem os milhares de pessoas de todas as idades e condições que se encontravam em estado de morte suspensa, desfilando pelas principais avenidas da capital em macas, carrinhos de mão, ambulâncias ou às costas dos filhos mais robustos, com uma faixa enorme à frente do cortejo, que diria, sacrificando nada menos que quatro vírgulas à eficácia do dístico, Nós que tristes aqui vamos, a vós todos felizes esperamos. Afinal, nada disto veio a ser necessário. É verdade que as suspeitas de um envolvimento directo da máphia no transporte de doentes não se dissiparam, é verdade que viriam mesmo a reforçar-se à luz de alguns dos sucessos subsequentes, mas uma só hora iria bastar para que a súbita ameaça do inimigo externo sossegasse as disposições fratricidas e reunisse os três estados, clero, nobreza e povo, ainda vigentes no país apesar do progresso das ideias, à volta do seu rei e, se bem que com certas justificadas reticências, do seu governo. O caso, como quase sempre, conta-se em breves palavras.

Irritados pela contínua invasão dos seus territórios por comandos de enterradores, maphiosos ou espontâneos, vindos daquela terra aberrante em que ninguém morria, e depois de não poucos protestos diplomáticos que de nada serviram, os governos dos três países limítrofes resolveram, numa acção concertada, fazer avançar as suas tropas e guarnecer as fronteiras, com ordem taxativa de dispararem ao terceiro aviso. Vem a propósito referir que a morte de uns quantos maphiosos abatidos praticamente à queima-roupa depois de terem atravessado a linha de separação, sendo o que costumamos chamar os ossos do ofício, foi imediato pretexto para que a organização subisse os preços da sua tabela de prestação de serviços na rubrica de segurança pessoal e riscos operativos. Mencionado este elucidativo pormenor sobre o funcionamento da administração maphiosa, passemos ao que importa. Uma vez mais, rodeando numa manobra táctica impecável as hesitações do governo e as dúvidas dos altos comandos das forças armadas, os sargentos retomaram a iniciativa e foram, à vista de toda a gente, os promotores, e em consequência também os heróis, do movimento popular de protesto que saiu de casa para exigir, em massa nas praças, nas avenidas e nas ruas, o regresso imediato das tropas à frente de batalha. Indiferentes, impassíveis perante os gravíssimos problemas com que a pátria de aquém se debatia, a braços com a sua quádrupla crise, demográfica, social, política e económica, os países de além tinham finalmente deixado cair a máscara e mostravam-se à luz do dia com o seu verdadeiro rosto, o de duros conquistadores e implacáveis imperialistas. O que eles têm é inveja de nós, dizia-se nas lojas e nos lares, ouvia-se na rádio e na televisão, lia-se nos jornais, o que eles têm é inveja de que na nossa pátria não se morra, por isso nos querem invadir e ocupar o território para não morrerem também. Em dois dias, a marchas forçadas e de bandeiras ao vento, cantando canções patrióticas como a marselhesa, o ça ira, a maria da fonte, o hino da carta, o não verás país nenhum, a bandiera rossa, a portuguesa, o god save the king, a internacional, o deutschland über alles, o chant du marais, as stars and stripes, os soldados voltaram aos postos de onde tinham vindo, e aí, armados até aos dentes, aguardaram a pé firme o ataque e a glória. Não houve. Nem a glória, nem o ataque. Pouco de conquistas e ainda menos de impérios, o que os ditos países limítrofes pretendiam era tão-somente que não lhes fossem lá enterrar sem autorização esta nova espécie de imigrantes forçados, e, ainda se lá fossem só para enterrar, vá que não vá, mas iam igualmente para matar, assassinar, eliminar, apagar, porquanto era naquele exacto e fatídico momento em que, de pés para a frente para que a cabeça pudesse dar-se conta do que estava a passar-se com o resto do corpo, atravessavam a fronteira, que os infelizes se finavam, soltavam o último suspiro. Postos estão frente a frente os dois valerosos campos, mas também desta vez o sangue não irá chegar ao rio. E olhem que não foi por vontade dos soldados do lado de cá, porque esses tinham a certeza de que não morreriam mesmo que uma rajada de metralhadora os cortasse ao meio. Ainda que por mais do que legítima curiosidade científica devamos perguntar-

-nos como poderiam sobreviver as duas partes separadas naqueles casos em que o estômago ficasse para um lado e os intestinos para outro. Seja como for, só a um perfeito louco varrido lhe ocorreria a ideia de dar o primeiro tiro. E esse, a deus graças, não chegou a ser disparado. Nem sequer a circunstância de alguns soldados do outro lado terem decidido desertar para o eldorado em que não se morre teve outra consequência que serem devolvidos imediatamente à origem, onde já um conselho de guerra estava à sua espera. O facto que acabámos de referir é de todo irrelevante para o decurso da trabalhosa história que vimos narrando e dele não voltaremos a falar, mas, ainda assim, não quisemos deixá-lo entregue à escuridão do tinteiro. O mais provável é que o conselho de guerra resolva a priori não tomar em conta nas suas deliberações o ingénuo anseio de vida eterna que desde sempre habita no coração humano, Aonde é que isto iria parar se todos passássemos a viver eternamente, sim, aonde é que isto iria parar, perguntará a acusação usando de um golpe da mais baixa retórica, e a defesa, escusado será o aditamento, não teve espírito para encontrar uma resposta à altura da ocasião, ela também não tinha nenhuma ideia de aonde iria parar. Espera-se que, ao menos, não venham a fuzilar os pobres diabos. Então seria caso para dizer que haviam ido por lã e de lá vieram prontos para a tosquia.

Mudemos de assunto. Falando das desconfianças dos sargentos e dos seus aliados alferes e capitães sobre uma responsabilidade directa da máphia no transporte dos padecentes para a fronteira, havíamos adiantado que essas desconfianças se viram reforçadas por uns quantos subsequentes sucessos. É o momento de revelar quais eles foram e como se desenrolaram. A exemplo do que havia feito a família de pequenos agricultores iniciadora do processo, o que a máphia tem feito é simplesmente atravessar a fronteira e enterrar os mortos, cobrando por isto um dinheirame. Com outra diferença, a de que o faz sem atender à beleza dos sítios e sem se preocupar em apontar no canhenho da operação as referências topográficas e orográficas que no futuro pudessem auxiliar os familiares chorosos e arrependidos da sua malfetria a encontrar a sepultura e pedir perdão ao morto. Ora, não será preciso ser-se dotado de uma cabeça especialmente estratégica para compreender que os exércitos alinhados no outro lado das três fronteiras tinham passado a constituir um sério obstáculo a uma prática sepulcrária que decorrera até aí na mais perfeita das seguranças. Não seria a máphia o que é, se não tivesse encontrado a solução do problema. É realmente uma lástima, permita-se-nos o comentário à margem, que tão brilhantes inteligências como as que dirigem estas organizações criminosas se tenham afastado dos rectos caminhos do acatamento à lei e desobedecido ao sábio preceito bíblico que mandava que ganhássemos o pão com o suor do nosso rosto, mas os factos são os factos, e ainda que repetindo a palavra magoada do adamastor, oh, que não sei de nojo como o conte, deixaremos aqui a compungida notícia do ardil de que a máphia se serviu para obviar a uma dificuldade para a qual, segundo todas as aparências, não se via nenhuma saída. Antes de prosseguirmos convirá esclarecer que o termo nojo, posto pelo épico na boca do infeliz gigante, significava então, e só, tristeza profunda, pena, desgosto, mas, de há tempos a esta parte, o vulgar da gente considerou, e muito bem, que se estava a perder ali uma estupenda palavra para expressar sentimentos como sejam a repulsa, a repugnância, o asco, os quais, como qualquer pessoa reconhecerá, nada têm que ver com os enunciados acima. Com as palavras todo o cuidado é pouco, mudam de opinião como as pessoas. Claro que o do ardil não foi encher, atar e pôr ao fumeiro, o assunto teve de dar as suas voltas, meteu emissários com bigodes postiços e chapéus de aba derrubada, telegramas cifrados, diálogos através de linhas secretas, por telefone vermelho, encontros em encruzilhadas à meia-noite, bilhetes debaixo da pedra, tudo o de que mais ou de menos já nos havíamos apercebido nas outras negociações, aquelas em que, por assim dizer, se jogaram os vigilantes aos dados. E também não se pode pensar que se tratou, como no outro caso, de transacções simplesmente bilaterais. Além da máphia deste país em que não se morre, participaram igualmente nas conversações as máphias dos países limítrofes, pois essa era a única maneira de resguardar a independência de cada organização criminosa no quadro nacional em que operava e do seu respectivo governo. Não teria qualquer aceitação, seria mesmo absolutamente repreensível, que a máphia de um desses países se pusesse a negociar em directo com a administração de outro país. Apesar de tudo, as cousas ainda não chegaram a esse ponto, tem-no impedido até agora, como um último pudor, o sacrossanto princípio da soberania nacional, tão importante para as máphias como para os governos, o que, sendo mais ou menos óbvio no que a estes respeita, seria bastante duvidoso em relação àquelas associações criminosas se não tivéssemos presente com que ciumenta brutalidade costumam elas defender os seus territórios das ambições hegemónicas dos seus colegas de ofício. Coordenar tudo isto, conciliar o geral com o particular, equilibrar os interesses de uns com os interesses dos outros, não foi tarefa fácil, o que explica que durante duas longas e aborrecidas semanas de espera os soldados tivessem passado o tempo a insultar-se pelos altifalantes, tendo em todo o caso o cuidado de não ultrapassar certos limites, de não exagerar no tom, não fosse a ofensa subir à cabeça de algum tenente-coronel susceptível e arder tróia. O que mais contribuiu para complicar e demorar as negociações foi o facto de nenhuma das máphias dos outros países dispor de vigilantes para fazer com eles o que entendesse, faltando-lhes, consequentemente, o irresistível meio de pressão que tão bons resultados havia dado aqui. Embora este lado obscuro das negociações não tenha chegado a transpirar, a não ser pelos zunzuns de sempre, existem fortes presunções de que os comandos intermédios dos exércitos dos países limítrofes, com o indulgente beneplácito do ramo superior da hierarquia, se tenham deixado convencer, só deus sabe a que preço, pela argumentação dos porta-

-vozes das máphias locais, no sentido de fechar os olhos às indispensáveis manobras de ir e vir, de avançar e recuar, em que a solução do problema afinal consistia. Qualquer criança teria sido capaz da ideia, mas, para a tornar efectiva, era necessário que, chegada à idade a que chamamos da razão, tivesse ido bater à porta da secção de recrutamento da máphia para dizer, Trouxe-me a vocação, cumpra-se em mim a vossa vontade.

Os amantes da concisão, do modo lacónico, da economia de linguagem, decerto se estarão perguntando porquê, sendo a ideia assim tão simples, foi preciso todo este arrazoado para chegarmos enfim ao ponto crítico. A resposta também é simples, e vamos dá-la utilizando um termo actual, moderníssimo, com o qual gostaríamos de ver compensados os arcaísmos com que, na provável opinião de alguns, hemos salpicado de mofo este relato, Por mor do background. Dizendo background, toda a gente sabe do que se trata, mas não nos faltariam dúvidas se, em vez de background, tivéssemos chochamente dito plano de fundo, esse aborrecível arcaísmo, ainda por cima pouco fiel à verdade, dado que o background não é apenas o plano de fundo, é toda a inumerável quantidade de planos que obviamente existem entre o sujeito observado e a linha do horizonte. Melhor será então que lhe chamemos enquadramento da questão. Exactamente, enquadramento da questão, e agora que finalmente a temos bem enquadrada, agora sim, chegou a altura de revelar em que consistiu o ardil da máphia para obviar qualquer hipótese de um conflito bélico que só iria servir para prejudicar os seus interesses. Uma criança, já o havíamos dito antes, poderia ter tido a ideia. A qual não era senão isto, passar para o outro lado da fronteira o padecente e, uma vez falecido ele, voltar para trás e enterrá-lo no materno seio da sua terra de origem. Um xeque-mate perfeito no mais rigoroso, exacto e preciso sentido da expressão. Como se acaba de ver, o problema ficava resolvido sem desdouro para qualquer das partes implicadas, os quatro exércitos, já sem motivo para se manterem em pé de guerra na fronteira, podiam retirar-se à boa paz, uma vez que o que a máphia se propunha fazer era simplesmente entrar e sair, lembremos uma vez mais que os padecentes perdiam a vida no mesmo instante em que os transportavam ao outro lado, a partir de agora não precisarão de lá ficar nem um minuto, é só aquele tempo de morrer, e esse, se sempre foi de todos o mais breve, um suspiro, e já está, pode-se imaginar bem o que passou a ser neste caso, uma vela que de repente se apaga sem ser preciso soprar-lhe. Nunca a mais suave das eutanásias poderá vir a ser tão fácil e tão doce. O mais interessante da nova situação criada é que a justiça do país em que não se morre se encontra desprovida de fundamentos para actuar judicialmente contra os enterradores, supondo que o quisesse de facto, e não só por se encontrar condicionada pelo acordo de cavalheiros que o governo teve de armar com a máphia. Não os pode acusar de homicídio porque, tecnicamente falando, homicídio não há em realidade, e porque o censurável acto, classifique-o melhor quem disso for capaz, se comete em países estrangeiros, nem tão-pouco os pode incriminar por haver enterrado mortos, uma vez que o destino deles é esse mesmo, e já é para agradecer que alguém tenha decidido encarregar-se de um trabalho a todos os títulos penoso, tanto do ponto de vista físico como do ponto de vista anímico. Quando muito, poderia alegar que nenhum médico esteve presente para certificar o óbito, que o enterramento não cumpriu as formas prescritas para uma correcta inumação e que, como se tal caso fosse inédito, a sepultura não só não está identificada como com toda a certeza se lhe perderá o sítio quando cair a primeira bátega forte e as plantas romperem tenras e alegres do húmus criador. Consideradas as dificuldades e receando tombar no tremedal de recursos em que, curtidos na tramóia, os astutos advogados da máphia a afundariam sem dó nem piedade, a lei resolveu esperar com paciência a ver em que parariam as modas. Era, sem sombra de dúvida, a atitude mais prudente. O país encontra-se agitado como nunca, o poder confuso, a autoridade diluída, os valores em acelerado processo de inversão, a perda do sentido de respeito cívico alastra a todos os sectores da sociedade, provavelmente nem deus saberá aonde nos leva. Corre o rumor de que a máphia está a negociar um outro acordo de cavalheiros com a indústria funerária com vista a uma racionalização de esforços e a uma distribuição de tarefas, o que significa, em linguagem de trazer por casa, que ela se encarrega de fornecer os mortos, contribuindo as agências funerárias com os meios e a técnica para enterrá-los. Também se diz que a proposta da máphia foi acolhida de braços abertos pelas agências, já cansadas de malgastar o seu saber de milénios, a sua experiência, o seu know how, os seus coros de carpideiras, a fazer funerais a cães, gatos e canários, alguma vez uma catatua, uma tartaruga catatónica, um esquilo domesticado, um lagarto de estimação que o dono tinha o costume de levar ao ombro. Nunca caímos tão baixo, diziam. Agora o futuro apresentava-se forte e risonho, as esperanças floresciam como canteiros de jardim, podendo até dizer-se, arriscando o óbvio paradoxo, que para a indústria dos enterros havia despontado finalmente uma nova vida. E tudo isto graças aos bons préstimos e à inesgotável caixa-forte da máphia. Ela subsidiou as agências da capital e de outras cidades do país para que instalassem filiais, a troco de compensações, claro está, nas localidades mais próximas das fronteiras, ela tomou providências para que houvesse sempre um médico à espera do falecido quando ele reentrasse no território e precisasse de alguém para dizer que estava morto, ela estabeleceu convénios com as administrações municipais para que os enterros a seu cargo tivessem prioridade absoluta, fosse qual fosse a hora do dia ou da noite em que lhe conviesse fazê-los. Tudo isto custava muito dinheiro, naturalmente, mas o negócio continuava a valer a pena, agora que os adicionais e os serviços extras tinham passado a constituir o grosso da factura. De repente, sem avisar, fechou-se a torneira donde havia estado brotando, constante, o generoso manancial de padecentes terminais. Parecia que as famílias, por um rebate de consciência, tinham passado palavra umas às outras, que se acabou isso de mandar os entes queridos a morrer longe, se, em sentido figurado, lhes tínhamos comido a carne, também agora os ossos lhes haveremos de comer, que não estávamos aqui só para as horas boas, quando ele ou ela tinham a força e a saúde intactas, estamos igualmente para as horas más e para as horas péssimas, quando ela ou ele não são mais que um trapo fedorento que é inútil lavar. As agências funerárias transitaram da euforia ao desespero, outra vez a ruína, outra vez a humilhação de enterrar canários e gatos, cães e a restante bicharada, a tartaruga, a catatua, o esquilo, o lagarto não, porque não existia outro que se deixasse levar ao ombro do dono. Tranquila, sem perder os nervos, a máphia foi ver o que se passava. Era simples. Disseram-lhe as famílias, quase sempre em meias palavras, dando só a entender, que uma cousa tinha sido o tempo da clandestinidade, quando os entes queridos eram levados a ocultas, pela calada da noite, e os vizinhos não tinham precisão nenhuma de saber se permaneciam no seu leito de dor, ou se se tinham evaporado. Era fácil mentir, dizer compungidamente, Coitadinho, lá está, quando a vizinha perguntasse no patamar da escada, E então como vai o avôzinho. Agora tudo seria diferente, haveria uma certidão de óbito, haveria chapas com nomes e apelidos nos cemitérios, em poucas horas a invejosa e maledicente vizinhança saberia que o avôzinho tinha morrido da única maneira que se podia morrer, e que isso significava, simplesmente, que a própria cruel e ingrata família o havia despachado para a fronteira. Dá-nos muita vergonha, confessaram. A máphia ouviu, ouviu, e disse que ia pensar. Não tardou vinte e quatro horas. Seguindo o exemplo do ancião da página quarenta e três, os mortos tinham querido morrer, portanto seriam registados como suicidas na certidão de óbito. A torneira tornou a abrir-se.

Nem tudo foi tão sórdido neste país em que não se morre como o que acabou de ser relatado, nem em todas as parcelas de uma sociedade dividida entre a esperança de viver sempre e o temor de não morrer nunca conseguiu a voraz máphia cravar as suas garras aduncas, corrompendo almas, submetendo corpos, emporcalhando o pouco que ainda restava dos bons princípios de antanho, quando um sobrescrito que trouxesse dentro algo que cheirasse a suborno era no mesmo instante devolvido à procedência, levando uma resposta firme e clara, algo assim como, Compre brinquedos para os seus filhos com esse dinheiro, ou, Deve ter-se equivocado no destinatário. A dignidade era então uma forma de altivez ao alcance de todas as classes. Apesar de tudo, apesar dos falsos suicidas e dos sujos negócios da fronteira, o espírito de aqui continuava a pairar sobre as águas, não as do mar oceano, que esse banhava outras terras longe, mas sobre os lagos e os rios, sobre as ribeiras e os regatos, nos charcos que a chuva deixava ao passar, no luminoso fundo dos poços, que é onde melhor se percebe a altura a que está o céu, e, por mais extraordinário que pareça, também sobre a superfície tranquila dos aquários. Precisamente, foi quando, distraído, olhava o peixinho vermelho que viera boquejar à tona de água e quando se perguntava, já menos distraído, desde há quanto tempo é que não a renovava, bem sabia o que queria dizer o peixe quando uma vez e outra subia a romper a delgadíssima película em que a água se confunde com o ar, foi precisamente nesse momento revelador que ao aprendiz de filósofo se lhe apresentou, nítida e nua, a questão que iria dar origem à mais apaixonante e acesa polémica que se conhece de toda a história deste país em que não se morre. Eis o que o espírito que pairava sobre a água do aquário perguntou ao aprendiz de filósofo, Já pensaste se a morte será a mesma para todos os seres vivos, sejam eles animais, incluindo o ser humano, ou vegetais, incluindo a erva rasteira que se pisa e a sequoiadendron giganteum com os seus cem metros de altura, será a mesma a morte que mata um homem que sabe que vai morrer, e um cavalo que nunca o saberá. E tornou a perguntar, Em que momento morreu o bicho-da-seda depois de se ter fechado no casulo e posto a tranca à porta, como foi possível ter nascido a vida de uma da morte da outra, a vida da borboleta da morte da lagarta, e serem o mesmo diferentemente, ou não morreu o bicho-da-seda porque está vivo na borboleta. O aprendiz de filósofo respondeu, O bicho-da-seda não morreu, a borboleta é que morrerá, depois de desovar, Já o sabia eu antes que tu tivesses nascido, disse o espírito que paira sobre as águas do aquário, o bicho-da-seda não morreu, dentro do casulo não ficou nenhum cadáver depois de a borboleta ter saído, tu o disseste, um nasceu da morte do outro, Chama-se metamorfose, toda a gente sabe de que se trata, disse condescendente o aprendiz de filósofo, Aí está uma palavra que soa bem, cheia de promessas e certezas, dizes metamorfose e segues adiante, parece que não vês que as palavras são rótulos que se pegam às cousas, não são as cousas, nunca saberás como são as cousas, nem sequer que nomes são na realidade os seus, porque os nomes que lhes deste não são mais do que isso, os nomes que lhes deste, Qual de nós dois é o filósofo, Nem eu nem tu, tu não passas de um aprendiz de filosofia, e eu apenas sou o espírito que paira sobre a água do aquário, Falávamos da morte, Não da morte, das mortes, perguntei por que razão não estão morrendo os seres humanos, e os outros animais, sim, por que razão a não-morte de uns não é a não-morte de outros, quando a este peixinho vermelho se lhe acabar a vida, e tenho que avisar-te que não tardará muito se não lhe mudares a água, serás tu capaz de reconhecer na morte dele aquela outra morte de que agora pareces estar a salvo, ignorando porquê, Antes, no tempo em que se morria, nas poucas vezes que me encontrei diante de pessoas que haviam falecido, nunca imaginei que a morte delas fosse a mesma de que eu um dia viria a morrer, Porque cada um de vós tem a sua própria morte, transporta-a consigo num lugar secreto desde que nasceu, ela pertence-te, tu pertences-lhe, E os animais, e os vegetais, Suponho que com eles se passará o mesmo, Cada qual com a sua morte, Assim é, Então as mortes são muitas, tantas como os seres vivos que existiram, existem e existirão, De certo modo, sim, Estás a contradizer-te, exclamou o aprendiz de filósofo, As mortes de cada um são mortes por assim dizer de vida limitada, subalternas, morrem com aquele a quem mataram, mas acima delas haverá outra morte maior, aquela que se ocupa do conjunto dos seres humanos desde o alvorecer da espécie, Há portanto uma hierarquia, Suponho que sim, E para os animais, desde o mais elementar protozoário à baleia azul, Também, E para os vegetais, desde o bacteriófito à sequóia gigante, esta citada antes em latim por causa do tamanho, Tanto quanto creio saber, o mesmo se passa com todos eles, Isto é, cada um com a sua morte própria, pessoal e intransmissível, Sim, E depois mais duas mortes gerais, uma para cada reino da natureza, Exacto, E acaba-se aí a distribuição hierárquica das competências delegadas por tânatos, perguntou o aprendiz de filósofo, Até onde a minha imaginação consegue chegar, ainda vejo uma outra morte, a última, a suprema, Qual, Aquela que haverá de destruir o universo, essa que realmente merece o nome de morte, embora quando isso suceder já não se encontre ninguém aí para pronunciá-lo, o resto de que temos estado a falar não passa de pormenores ínfimos, de insignificâncias, Portanto, a morte não é única, concluiu desnecessariamente o aprendiz de filósofo, É o que já estou cansado de te explicar, Quer dizer, uma morte, aquela que era nossa, suspendeu a actividade, as outras, as dos animais e dos vegetais, continuam a operar, são independentes, cada uma trabalhando no seu sector, Já estás convencido, Sim, Vai então e anuncia-o a toda a gente, disse o espírito que pairava sobre a água do aquário. E foi assim que a polémica começou.

O primeiro argumento contra a ousada tese do espírito que pairava sobre a água do aquário foi que o seu porta-voz não era filósofo encartado, mas um mero aprendiz que nunca havia ido além de alguns escassos rudimentos de manual, quase tão elementares como o protozoário, e, como se isso ainda fosse pouco, apanhados aqui e além, aos retalhos, soltos, sem agulha e linha que os unisse entre si ainda que as cores e as formas contendessem umas com as outras, enfim, uma filosofia do que poderia chamar-se a escola arlequinesca, ou ecléctica. A questão, porém, não estava tanto aí. É certo que o essencial da tese havia sido obra do espírito que pairava sobre a água do aquário, porém, bastará tornar a ler o diálogo desenvolvido nas duas páginas anteriores para reconhecer que a contribuição do aprendiz de filosofias também teve a sua influência na gestação da interessante ideia, pelo menos na qualidade de ouvinte, factor dialéctico indispensável desde sócrates, como é por de mais sabido. Algo, pelo menos, não podia ser negado, que os seres humanos não morriam, mas os outros animais sim. Quanto aos vegetais, qualquer pessoa, mesmo sem saber nada de botânica, reconheceria sem dificuldade que, tal como antes, nasciam, verdeavam, mais adiante murchavam, logo secavam, e se a essa fase final, com podridão ou sem ela, não se lhe deveria chamar morrer, então que viesse alguém que o explicasse melhor. Que as pessoas daqui não estejam a morrer, mas todos os outros seres vivos sim, diziam alguns objectores, só há que vê-lo como demonstração de que o normal ainda não se retirou de todo do mundo, e o normal, escusado seria dizê-lo, é, pura e simplesmente, morrer quando nos chegou a hora. Morrer e não pôr-se a discutir se a morte já era nossa de nascença, ou se apenas ia a passar por ali e lhe deu para reparar em nós. Nos restantes países continua a morrer-se e não parece que os seus habitantes sejam mais infelizes por isso. Ao princípio, como é natural, houve invejas, houve conspirações, deu-se um ou outro caso de tentativa de espionagem científica para descobrir como o havíamos conseguido, mas, à vista dos problemas que desde então nos caíram em cima, cremos que o sentimento da generalidade da população desses países se poderá traduzir por estas palavras, Do que nós nos livrámos.

A igreja, como não podia deixar de ser, saiu à arena do debate montada no cavalo-de-batalha do costume, isto é, os desígnios de deus são o que sempre foram, inescrutáveis, o que, em termos correntes e algo manchados de impiedade verbal, significa que não nos é permitido espreitar pela frincha da porta do céu para ver o que se passa lá dentro. Dizia também a igreja que a suspensão temporal e mais ou menos duradoura de causas e efeitos naturais não era propriamente uma novidade, bastaria recordar os infinitos milagres que deus havia permitido se fizessem nos últimos vinte séculos, a única diferença do que se passa agora está na amplitude do prodígio, pois que o que antes tocava de preferência o indivíduo, pela graça da sua fé pessoal, foi substituído por uma atenção global, não personalizada, um país inteiro por assim dizer possuidor do elixir da imortalidade, e não somente os crentes, que como é lógico esperam ser em especial distinguidos, mas também os ateus, os agnósticos, os heréticos, os relapsos, os incréus de toda a espécie, os afeiçoados a outras religiões, os bons, os maus e os piores, os virtuosos e os maphiosos, os verdugos e as vítimas, os polícias e os ladrões, os assassinos e os dadores de sangue, os loucos e os sãos de juízo, todos, todos sem excepção, eram ao mesmo tempo as testemunhas e os beneficiários do mais alto prodígio alguma vez observado na história dos milagres, a vida eterna de um corpo eternamente unida à eterna vida da alma. A hierarquia católica, de bispo para cima, não achou nenhuma graça a estes chistes místicos de alguns dos seus quadros médios sedentos de maravilhas, e fê-lo saber por meio de uma muito firme mensagem aos fiéis, na qual, além da inevitável referência aos impenetráveis desígnios de deus, insistia na ideia que já havia sido expressa de improviso pelo cardeal logo às primeiras horas da crise na conversação telefónica que tivera com o primeiro-ministro, quando, imaginando-se papa e rogando a deus que lhe perdoasse a estulta presunção, tinha proposto a imediata promoção de uma nova tese, a da morte adiada, fiando-se na tantas vezes louvada sabedoria do tempo, aquela que nos diz que sempre haverá um amanhã qualquer para resolver os problemas que hoje pareciam não ter solução. Em carta ao director do seu jornal preferido, um leitor declarava-se disposto a aceitar a ideia de que a morte havia decidido adiar-se a si mesma, mas solicitava, com todo o respeito, que lhe dissessem como o tinha sabido a igreja, e, se realmente estava tão bem informada, então também deveria saber quanto tempo iria durar o adiamento. Em nota da redacção, o jornal recordou ao leitor que se tratava somente de uma proposta de acção, aliás não levada à prática até agora, o que quererá dizer, assim concluía, que a igreja sabe tanto do assunto como nós, isto é, nada. Nesta altura alguém escreveu um artigo a reclamar que o debate regressasse à questão que lhe havia dado origem, ou seja, se sim ou não a morte era uma ou várias, se era singular, morte, ou plural, mortes, e, aproveitando que estou com a mão na pluma, denunciar que a igreja, com essas suas posições ambíguas, o que pretende é ganhar tempo sem se comprometer, por isso se pôs, como é seu costume, a encanar a perna à rã, a dar uma no cravo e outra na ferradura. A primeira destas expressões populares causou perplexidade entre os jornalistas, que nunca tal tinham lido ou ouvido em toda a sua vida. No entanto, perante o enigma, espevitados por um saudável afã de competição profissional, deitaram das estantes abaixo os dicionários com que algumas vezes se ajudavam à hora de escrever os seus artigos e notícias e lançaram-se à descoberta do que estaria ali a fazer aquele batráquio. Nada encontraram, ou melhor, sim, encontraram a rã, encontraram a perna, encontraram o verbo encanar, mas o que não conseguiram foi tocar o sentido profundo que as três palavras juntas por força haveriam de ter. Até que alguém se lembrou de chamar um velho porteiro que viera da província há muitos anos e de quem todos se riam porque, depois de tanto tempo a viver na cidade, ainda falava como se estivesse à lareira a contar histórias aos netos. Perguntaram-lhe se conhecia a frase e ele respondeu que sim senhor conhecia, perguntaram-lhe se sabia o que significava e ele respondeu que sim senhor sabia. Então explique lá, disse o chefe da redacção, Encanar, meus senhores, é pôr talas em ossos partidos, Até aí sabemos nós, o que queremos é que nos diga que tem isso que ver com a rã, Tem tudo, ninguém consegue pôr talas numa rã, Porquê, Porque ela nunca está quieta com a perna, E isso que quer dizer, Que é inútil tentar, ela não deixa, Mas não deve ser isso o que está na frase do leitor, Também se usa quando levamos demasiado tempo a terminar um trabalho, e, se o fazemos de propósito, então estamos a empatar, então estamos a encanar a perna à rã, Logo, a igreja está a empatar, a encanar a perna à rã, Sim senhor, Logo, o leitor que escreveu tem toda a razão, Acho que sim, eu só estou a guardar a entrada da porta, Ajudou-nos muito, Não querem que lhes explique a outra frase, Qual, A do cravo e da ferradura, Não, essa conhecemo-la nós, praticamo-la todos os dias.

A polémica sobre a morte e as mortes, tão bem iniciada pelo espírito que paira sobre a água do aquário e pelo aprendiz de filósofo, acabaria em comédia ou em farsa se não tivesse aparecido o artigo do economista. Embora o cálculo actuarial, como ele próprio reconhecia, não fosse sua especialidade profissional, considerava-se suficientemente conhecedor da matéria para vir a público perguntar com que dinheiro o país, dentro de uns vinte anos, mais ponto, menos vírgula, pensava poder pagar as pensões aos milhões de pessoas que se encontrariam em situação de reformados por invalidez permanente e que assim iriam continuar por todos os séculos dos séculos e às quais outros milhões se viriam reunir implacavelmente, tanto fazendo que a progressão seja aritmética ou geométrica, de qualquer maneira sempre teremos garantida a catástrofe, será a confusão, a balbúrdia, a bancarrota do estado, o salve-se quem puder, e ninguém se salvará. Perante este quadro aterrador não tiveram outro remédio os metafísicos que meter a viola no saco, não teve outro recurso a igreja que regressar à cansada missanga dos seus rosários e continuar à espera da consumação dos tempos, essa que, segundo as suas escatológicas visões, resolverá tudo isto de uma vez. Efectivamente, voltando às inquietantes razões do economista, os cálculos eram muito fáceis de fazer, senão vejamos, se temos um tanto de população activa que desconta para a segurança social, se temos um tanto de população não activa que se encontra na situação de reforma, seja por velhice, seja por invalidez, e portanto cobra da outra as suas pensões, estando a activa em constante diminuição em relação à inactiva e esta em crescimento contínuo absoluto, não se compreende que ninguém se tenha logo apercebido de que o desaparecimento da morte, parecendo o auge, o acme, a suprema felicidade, não era, afinal, uma boa cousa. Foi preciso que os filósofos e outros abstractos andassem já meio perdidos na floresta das suas próprias elucubrações sobre o quase e o zero, que é a maneira plebeia de dizer o ser e o nada, para que o senso comum se apresentasse prosaicamente, de papel e lápis em punho, a demonstrar por a + b + c que havia questões muito mais urgentes em que pensar. Como seria de prever, conhecendo-se os lados escuros da natureza humana, a partir do dia em que saiu a público o alarmante artigo do economista, a atitude da população saudável para com os padecentes terminais começou a modificar-se para pior. Até aí, ainda que toda a gente estivesse de acordo em que eram consideráveis os transtornos e incomodidades de toda a espécie que eles causavam, pensava-se que o respeito pelos velhos e pelos enfermos em geral representava um dos deveres essenciais de qualquer sociedade civilizada, e, por conseguinte, embora não raro fazendo das tripas coração, não se lhes negavam os cuidados necessários, e mesmo, em alguns assinalados casos, chegavam a adoçá-los com uma colherzinha de compaixão e amor antes de apagar a luz. É certo que também existem, como demasiado bem sabemos, aquelas desalmadas famílias que, deixando-se levar pela sua incurável desumanidade, chegaram ao extremo de contratar os serviços da máphia para se desfazerem dos míseros despojos humanos que agonizavam interminavelmente entre dois lençóis empapados de suor e manchados pelas excreções naturais, mas essas merecem a nossa repreensão, tanto como a que figurava na fábula tradicional mil vezes narrada da tigela de madeira, ainda que, felizmente, se tenha salvado da execração no último momento, graças, como se verá, ao bondoso coração de uma criança de oito anos. Em poucas palavras se conta, e aqui a vamos deixar para ilustração das novas gerações que a desconhecem, com a esperança de que não trocem dela por ingénua e sentimental. Atenção, pois, à lição de moral. Era uma vez, no antigo país das fábulas, uma família em que havia um pai, uma mãe, um avô que era o pai do pai e aquela já mencionada criança de oito anos, um rapazinho. Ora sucedia que o avô já tinha muita idade, por isso tremiam-lhe as mãos e deixava cair a comida da boca quando estavam à mesa, o que causava grande irritação ao filho e à nora, sempre a dizerem-lhe que tivesse cuidado com o que fazia, mas o pobre velho, por mais que quisesse, não conseguia conter as tremuras, pior ainda se lhe ralhavam, e o resultado era estar sempre a sujar a toalha ou a deixar cair comida ao chão, para já não falar do guardanapo que lhe atavam ao pescoço e que era preciso mudar-lhe três vezes ao dia, ao almoço, ao jantar e à ceia. Estavam as cousas neste pé e sem nenhuma expectativa de melhora quando o filho resolveu acabar com a desagradável situação. Apareceu em casa com uma tigela de madeira e disse ao pai, A partir de hoje passará a comer daqui, senta-se na soleira da porta porque é mais fácil de limpar e assim já a sua nora não terá de preocupar-se com tantas toalhas e tantos guardanapos sujos. E assim foi. Almoço, jantar e ceia, o velho sentado sozinho na soleira da porta, levando a comida à boca conforme lhe era possível, metade perdia-se no caminho, uma parte da outra metade escorria-lhe pelo queixo abaixo, não era muito o que lhe descia finalmente pelo que o vulgo chama o canal da sopa. Ao neto parecia não lhe importar o feio tratamento que estavam a dar ao avô, olhava-o, depois olhava o pai e a mãe, e continuava a comer como se não tivesse nada que ver com o caso. Até que uma tarde, ao regressar do trabalho, o pai viu o filho a trabalhar com uma navalha um pedaço de madeira e julgou que, como era normal e corrente nessas épocas remotas, estivesse a construir um brinquedo por suas próprias mãos. No dia seguinte, porém, deu-se conta de que não se tratava de um carrinho, pelo menos não se via sítio onde se lhe pudessem encaixar umas rodas, e então perguntou, Que estás a fazer. O rapaz fingiu que não tinha ouvido e continuou a escavar na madeira com a ponta da navalha, isto passou-se no tempo em que os pais eram menos assustadiços e não corriam a tirar das mãos dos filhos um instrumento de tanta utilidade para a fabricação de brinquedos. Não ouviste, que estás a fazer com esse pau, tornou o pai a perguntar, e o filho, sem levantar a vista da operação, respondeu, Estou a fazer uma tigela para quando o pai for velho e lhe tremerem as mãos, para quando o mandarem comer na soleira da porta, como fizeram ao avô. Foram palavras santas. Caíram as escamas dos olhos do pai, viu a verdade e a sua luz, e no mesmo instante foi pedir perdão ao progenitor e quando chegou a hora da ceia por suas próprias mãos o ajudou a sentar-se na cadeira, por suas próprias mãos lhe levou a colher à boca, por suas próprias mãos lhe limpou suavemente o queixo, porque ainda o podia fazer e o seu querido pai já não. Do que veio a passar-se depois não há sinal na história, mas de ciência mui certa sabemos que se é verdade que o trabalho do rapazinho ficou em meio, também é verdade que o pedaço de madeira continua a andar por ali. Ninguém o quis queimar ou deitar fora, quer fosse para que a lição do exemplo não viesse a cair no esquecimento, quer fosse para o caso de que a alguém lhe ocorresse um dia a ideia de terminar a obra, eventualidade não de todo impossível de produzir-se se tivermos em conta a enorme capacidade de sobrevivência dos ditos lados escuros da natureza humana. Como já alguém disse, tudo o que possa suceder, sucederá, é uma mera questão de tempo, e, se não chegámos a vê-lo enquanto por cá andávamos, terá sido só porque não tínhamos vivido o suficiente. Pelos modos, e para que não se nos acuse de pintarmos tudo com as tintas da parte esquerda da paleta, há quem admita a hipótese de que uma adaptação do amavioso conto à televisão, após tê-lo recolhido um jornal, sacudidas as teias de aranha, nas poeirentas prateleiras da memória colectiva, possa contribuir para fazer regressar às quebrantadas consciências das famílias o culto ou o cultivo dos incorpóreos valores de espiritualidade de que a sociedade se nutria no passado, quando o baixo materialismo que hoje impera ainda não se tinha assenhoreado de vontades que imaginávamos fortes e afinal eram a própria e insanável imagem de uma confrangedora debilidade moral. Conservemos no entanto a esperança. No momento em que aquela criança aparecer no ecrã, estejamos certos de que metade da população do país correrá a buscar um lenço para enxugar as lágrimas e de que a outra metade, talvez de temperamento estóico, as irá deixar correr pela cara abaixo, em silêncio, para que melhor possa observar-se como o remorso pelo mal feito ou consentido não é sempre uma palavra vã. Oxalá ainda estejamos a tempo de salvar os avós.

Inesperadamente, com uma deplorável falta de sentido de oportunidade, os republicanos decidiram aproveitar a delicada ocasião para fazerem ouvir a sua voz. Não eram muitos, nem sequer tinham representação no parlamento apesar de se encontrarem organizados em partido político e concorrerem regularmente aos actos eleitorais. Vangloriavam-se no entanto de certa influência social, sobretudo nos meios artísticos e literários, por onde de vez em quando faziam circular manifestos no geral bem redigidos, mas invariavelmente inócuos. Desde que a morte havia desaparecido que não davam sinal de vida, nem ao menos, como se esperaria de uma oposição que se diz frontal, para reclamarem o esclarecimento da rumorejada participação da máphia no ignóbil tráfico de padecentes terminais. Agora, aproveitando-se da perturbação em que o país malvivia, dividido como estava entre a vaidade de saber-se único em todo o planeta e o desassossego de não ser como toda a gente, vinham pôr sobre a mesa nada mais nada menos que a questão do regime. Obviamente adversários da monarquia, inimigos do trono por definição, pensavam ter descoberto um novo argumento a favor da necessária e urgente implantação da república. Diziam que ia contra a lógica mais comum haver no país um rei que nunca morreria e que, ainda que amanhã resolvesse abdicar por motivo de idade ou amolecimento das faculdades mentais, rei continuaria a ser, o primeiro de uma sucessão infinita de entronizações e abdicações, uma infinita sequência de reis deitados nas suas camas à espera de uma morte que nunca chegaria, uma correnteza de reis meio vivos meio mortos que, a não ser que os arrumassem nos corredores do palácio, acabariam por encher e por fim não caber no panteão onde haviam sido recolhidos os seus antecessores mortais, que já não seriam mais que ossos desprendidos dos engonços ou restos mumificados e bafientos. Quão mais lógico não seria ter um presidente da república com vencimento a prazo fixo, um mandato, quando muito dois, e depois que se desenrasque como puder, que vá à sua vida, dê conferências, escreva livros, participe em congressos, colóquios e simpósios, arengue em mesas redondas, dê a volta ao planeta em oitenta recepções, opine sobre o comprimento das saias quando elas voltarem a usar-se e sobre a redução do ozono na atmosfera se ainda houver atmosfera, enfim, que se amanhe. Tudo menos ter de encontrar todos os dias nos jornais e ouvir na televisão e na rádio a parte médica sempre igual, não atam nem desatam, sobre a situação dos internados nas enfermarias reais, as quais, vem a propósito informar, depois de terem sido aumentadas duas vezes, já estariam à bica de uma terceira ampliação. O plural de enfermaria está ali para indicar que, como sempre sucede em instituições hospitalares ou afins, os homens se encontram separados das mulheres, portanto, reis e príncipes para um lado, rainhas e princesas para outro. Os republicanos vinham agora desafiar o povo a assumir as responsabilidades que lhe competiam, tomando o destino nas suas mãos para dar começo a uma vida nova e abrindo um novo e florido caminho em direcção às alvoradas do porvir. Desta vez o efeito do manifesto não se limitou a tocar os artistas e os escritores, outras camadas sociais se mostraram receptivas à feliz imagem do caminho florido e às invocações das alvoradas do porvir, o que teve como resultado uma concorrência absolutamente fora do comum de adesões de novos militantes dispostos a empreender uma jornada que, tal como a pescada, que ainda na água lhe chamam assim, já era histórica antes de se saber se realmente o viria a ser. Infelizmente as manifestações verbais de cívico entusiasmo dos novos aderentes a este republicanismo prospectivo e profético, nos dias que se seguiram, nem sempre foram tão respeitadoras como a boa educação e uma sã convivência democrática o exigem. Algumas delas chegaram mesmo a ultrapassar as fronteiras do mais ofensivo grosseirismo, como dizerem, por exemplo, falando das realezas, que não estavam dispostos a sustentar bestas à argola nem burros a pão-de-ló. Todas as pessoas de bom gosto estiveram de acordo em considerar tais palavras, não só inadmissíveis, como também imperdoáveis. Bastaria dizer-se que as arcas do estado não podiam continuar a suportar mais o contínuo crescimento das despesas da casa real e seus a latere, e toda a gente o compreenderia. Era verdade e não ofendia.

O violento ataque dos republicanos, mas principalmente os inquietantes vaticínios veiculados no artigo sobre a inevitabilidade, em prazo muito breve, de que as ditas arcas do estado não poderiam satisfazer o pagamento de pensões de velhice e invalidez sem um fim à vista, levaram o rei a fazer saber ao primeiro-ministro que precisavam de ter uma conversação franca, a sós, sem gravadores nem testemunhas de qualquer espécie. Chegou o primeiro-ministro, interessou-se pelas reais saúdes, em particular pela da rainha-mãe, aquela que na última passagem do ano estava prestes a morrer, e afinal, como tantas e tantas outras pessoas, ainda respira treze vezes por minuto, embora poucos mais sinais de vida se deixem perceber no seu corpo prostrado, sob o baldaquino do leito. Sua majestade agradeceu, disse que a rainha-mãe sofria o seu calvário com a dignidade própria do sangue que ainda lhe corria nas veias, e logo passou aos assuntos da agenda, o primeiro dos quais era a declaração de guerra dos republicanos. Não percebo o que é que deu na cabeça dessa gente, disse, o país afundado na mais terrível crise da sua história e eles a falar de mudança do regime, Eu não me preocuparia, senhor, o que estão a fazer é aproveitar-se da situação para difundir aquilo a que chamam as suas propostas de governo, no fundo não passam de uns pobres pescadores de águas turvas, Com uma lamentável falta de patriotismo, acrescente-se, Assim é, senhor, os republicanos têm lá umas ideias sobre a pátria que só eles são capazes de entender, se é que as entendem realmente, As ideias que tenham não me interessam, o que quero ouvir de si é se existe alguma possibilidade de que consigam forçar uma mudança de regime, Nem sequer têm representação no parlamento, senhor, Refiro-me a um golpe de estado, a uma revolução, Nenhuma possibilidade, senhor, o povo está com o seu rei, as forças armadas são leais ao poder legítimo, Então posso ficar descansado, Absolutamente descansado, senhor. O rei fez uma cruz na agenda, ao lado da palavra republicanos, disse, Já está, e logo perguntou, E que história vem a ser essa das pensões que não se pagam, Estamos a pagá-las, senhor, o futuro é que se apresenta bastante negro, Então devo ter lido mal, pensei que tinha havido, digamos, uma suspensão de pagamentos, Não, senhor, é o amanhã que se nos apresenta altamente preocupante, Preocupante em que ponto, Em todos, senhor, o estado pode vir a derrubar-se, simplesmente, como um castelo de cartas, Somos o único país que se encontra nessa situação, perguntou o rei, Não, senhor, a longo prazo o problema atingirá a todos, mas o que conta é a diferença entre morrer e não morrer, é uma diferença fundamental, com perdão da banalidade, Não estou a perceber, Nos outros países morre-se com normalidade, os falecimentos continuam a controlar o caudal dos nascimentos, mas aqui, senhor, no nosso país, senhor, ninguém morre, veja-se o caso da rainha-mãe, parecia que se finava, e afinal aí a temos, felizmente, quero dizer, creia que não exagero, estamos com a corda na garganta, Apesar disso chegaram-me rumores de que algumas pessoas vão morrendo, Assim é, senhor, mas trata-se de uma gota de água no oceano, nem todas as famílias se atrevem a dar o passo, Que passo, Entregar os seus padecentes à organização que se encarrega dos suicídios, Não compreendo, de que serve que se suicidem se não podem morrer, Estes sim, E como o conseguem, É uma história complicada, senhor, Conte-ma, estamos sós, No outro lado das fronteiras morre-se, senhor, Então quer dizer que essa tal organização os leva lá, Exactamente, Trata-se de uma organização benemérita, Ajuda-nos a retardar um pouco a acumulação de padecentes terminais, mas, como eu disse antes, é uma gota de água no oceano, E que organização é essa. O primeiro-ministro respirou fundo e disse, A máphia, senhor, A máphia, Sim senhor, a máphia, às vezes o estado não tem outro remédio que arranjar fora quem lhe faça os trabalhos sujos, Não me disse nada, Senhor, quis manter vossa majestade à margem do assunto, assumo a responsabilidade, E as tropas que estavam nas fronteiras, Tinham uma função a desempenhar, Que função, A de parecer um obstáculo à passagem dos suicidas e não o ser, Pensei que estavam lá para impedir uma invasão, Nunca houve esse perigo, de todo o modo estabelecemos acordos com os governos desses países, tudo está controlado, Menos a questão das pensões, Menos a questão da morte, senhor, se não voltarmos a morrer não temos futuro. O rei fez uma cruz ao lado da palavra pensões e disse, É preciso que alguma cousa aconteça, Sim, majestade, é preciso que alguma cousa aconteça.

O sobrescrito encontrava-se sobre a mesa do director-geral da televisão quando a secretária entrou no gabinete. Era de cor violeta, portanto fora do comum, e o papel, de tipo gofrado, imitava a textura do linho. Parecia antigo e dava a impressão de que já havia sido usado antes. Não tinha qualquer endereço, tanto de remetente, o que às vezes sucede, como de destinatário, o que não sucede nunca, e estava num gabinete cuja porta, fechada à chave, acabara de ser aberta nesse momento, e onde ninguém poderia ter entrado durante a noite. Ao dar-lhe a volta para ver se havia algo escrito por trás, a secretária sentiu-se a pensar, com uma difusa sensação do absurdo que era pensá-lo e tê-lo sentido, que o sobrescrito não estava ali no momento em que ela introduzira a chave e fizera funcionar o mecanismo da fechadura. Disparate, murmurou, não devo ter reparado que estava aqui quando saí ontem. Passeou os olhos pelo gabinete para ver se tudo se encontrava em ordem e retirou-se para o seu lugar de trabalho. Na sua qualidade de secretária, e de confiança, estaria autorizada a abrir aquele ou qualquer outro sobrescrito, tanto mais que nele não havia qualquer indicação de carácter restritivo, como seriam as de pessoal, reservado ou confidencial, porém não o tinha feito, e não compreendia porquê. Por duas vezes se levantou da sua cadeira e foi entreabrir a porta do gabinete. O sobrescrito continuava ali. Estou com manias, será efeito da cor, pensou, ele que venha já e se acabe com o mistério.

Referia-se ao patrão, ao director-geral, que tardava. Eram dez horas e um quarto quando finalmente apareceu. Não era pessoa de muitas palavras, chegava, dava os bons-dias e imediatamente passava ao seu gabinete, onde a secretária tinha ordem de só entrar cinco minutos depois, o tempo que ele considerava necessário para se pôr à vontade e acender o primeiro cigarro da manhã. Quando a secretária entrou, o director-geral ainda estava de casaco vestido e não fumava. Segurava com as duas mãos uma folha de papel da mesma cor do sobrescrito, e as duas mãos tremiam. Virou a cabeça na direcção da secretária que se aproximava, mas foi como se não a reconhecesse. De repente estendeu um braço com a mão aberta para fazê-la parar e disse numa voz que parecia sair doutra garganta, Saia imediatamente, feche essa porta e não deixe entrar ninguém, ninguém, ouviu, seja quem for. Solícita, a secretária quis saber se havia algum problema, mas ele cortou-lhe a palavra com violência, Não me ouviu dizer-lhe que saísse, perguntou. E quase gritando, Saia, agora, já. A pobre senhora retirou-se com as lágrimas nos olhos, não estava habituada a que a tratassem com estes modos, é certo que o director, como toda a gente, tem os seus defeitos, mas é uma pessoa no geral bem-educada, não é seu costume fazer das secretárias gato-sapato. Aquilo é alguma cousa que vem na carta, não tem outra explicação, pensou enquanto procurava um lenço para enxugar as lágrimas. Não se enganava. Se se atrevesse a entrar outra vez no gabinete veria o director-geral a andar rapidamente de um lado para outro, com uma expressão de desvairo na cara, como se não soubesse o que fazer e ao mesmo tempo tivesse a consciência clara de que só ele, e ninguém mais, é que poderia fazê-lo. O director olhou o relógio, olhou a folha de papel, murmurou em voz muito baixa, quase em segredo, Ainda há tempo, ainda há tempo, depois sentou-se a reler a carta misteriosa enquanto passava a mão livre pela cabeça num gesto mecânico, como se quisesse certificar-se de que ainda a tinha ali no seu lugar, de que não a perdera engolida pelo vórtice de medo que lhe retorcia o estômago. Acabou de ler, ficou com os olhos perdidos no vago, pensando, Tenho de falar com alguém, depois acudiu-lhe à mente, em seu socorro, a ideia de que talvez se tratasse de uma piada, de uma piada de péssimo gosto, um telespectador descontente, como há tantos, e ainda por cima de imaginação mórbida, quem tem responsabilidades directivas na televisão sabe muito bem que não é tudo por lá um mar de rosas, Mas não é a mim que em geral se escreve a desabafar, pensou. Como era natural, foi este pensamento que o levou a ligar finalmente à secretária para perguntar, Quem foi que trouxe esta carta, Não sei, senhor director, quando cheguei e abri a porta do seu gabinete, como sempre faço, ela já aí estava, Mas isso é impossível, durante a noite ninguém tem acesso a este gabinete, Assim é, senhor director, Então como se explica, Não mo pergunte a mim, senhor director, há pouco quis dizer-lhe o que se havia passado, mas o senhor director nem sequer me deu tempo, Reconheço que fui um pouco brusco, desculpe, Não tem importância, senhor director, mas doeu-me muito. O director-geral voltou a perder a paciência, Se eu lhe dissesse o que tenho aqui, então é que a senhora saberia o que é doer. E desligou. Tornou a olhar o relógio, depois disse consigo mesmo, É a única saída, não vejo outra, há decisões que não me compete a mim tomar. Abriu uma agenda, procurou o número que lhe interessava, encontrou-o, Aqui está, disse. As mãos continuavam a tremer, custou-lhe acertar com as teclas e ainda mais acertar com a voz quando do outro lado lhe responderam, Ligue-me ao gabinete do senhor primeiro-ministro, pediu, sou o director da televisão, o director-geral. Atendeu o chefe de gabinete, Bons dias, senhor director, muito prazer em ouvi-lo, em que posso ser-lhe útil, Necessito que o senhor primeiro-ministro me receba o mais rapidamente possível por um assunto de extrema urgência, Não pode dizer-me de que se trata para que eu o transmita ao senhor primeiro-ministro, Lamento muito, mas é-me impossível, o assunto, além de urgente, é estritamente confidencial, No entanto, se pudesse dar-me uma ideia, Tenho em meu poder, aqui, diante destes olhos que a terra há-de comer, um documento de transcendente importância nacional, se isto que lhe estou a dizer não é suficiente, se não é bastante para que me ponha agora mesmo em comunicação com o senhor primeiro-ministro onde quer que se encontre, temo muito pelo seu futuro pessoal e político, É assim tão sério, Só lhe digo que, a partir deste momento, cada minuto que tiver passado é de sua exclusiva responsabilidade, Vou ver o que posso fazer, o senhor primeiro-ministro está muito ocupado, Pois então desocupe-o, se quiser ganhar uma medalha, Imediatamente, Ficarei à espera, Posso fazer-lhe outra pergunta, Por favor, que mais quer saber ainda, Por que foi que disse estes olhos que a terra há-de comer, isso era dantes, Não sei o que o senhor era dantes, mas sei o que é agora, um idiota chapado, passe-me ao primeiro-ministro, já. A insólita dureza das palavras do director-geral mostra a que ponto o seu espírito se encontra alterado. Tomou-o uma espécie de obnubilação, não se conhece, não percebe como foi possível ter insultado alguém apenas por lhe ter feito uma pergunta absolutamente razoável, quer nos termos, quer na intenção. Terei de lhe pedir desculpa, pensou arrependido, amanhã poderei vir a precisar dele. A voz do primeiro-ministro soou impaciente, Que se passa, perguntou, os problemas da televisão, que eu saiba, não são comigo, Não se trata da televisão, senhor primeiro-ministro, tenho uma carta, Sim, já me disseram que tem uma carta, e que quer que lhe faça, Só venho rogar-lhe que a leia, nada mais, o resto, para usar as suas mesmas palavras, não será comigo, Noto que está nervoso, Sim, senhor primeiro-ministro, estou mais do que nervoso, E que diz essa misteriosa carta, Não lho posso dizer pelo telefone, A linha é segura, Mesmo assim nada direi, toda a cautela é pouca, Então mande-ma, Terei de lha entregar em mão, não quero correr o risco de enviar um portador, Mando-lhe eu alguém daqui, o meu chefe de gabinete, por exemplo, pessoa mais perto de mim será difícil, Senhor primeiro-ministro, por favor, eu não estaria aqui a incomodá-lo se não tivesse um motivo muito sério, preciso absolutamente que me receba, Quando, Agora mesmo, Estou ocupado, Senhor primeiro-ministro, por favor, Bom, já que tanto insiste, venha, espero que o mistério valha a pena, Obrigado, vou a correr. O director-geral pousou o telefone, meteu a carta no sobrescrito, guardou-a num dos bolsos interiores do casaco e levantou-se. As mãos haviam deixado de tremer, mas a testa tinha-a alagada de suor. Limpou a cara com o lenço, depois chamou a secretária pelo telefone interno, disse-lhe que ia sair, que chamasse o carro. O facto de ter passado a responsabilidade para outra pessoa acalmara-o um pouco, dentro de meia hora o seu papel neste assunto haverá terminado. A secretária apareceu à porta, O carro está à espera, senhor director, Obrigado, não sei quanto tempo demorarei, tenho um encontro com o primeiro-ministro, mas esta informação é só para si, Fique descansado, senhor director, nada direi, Até logo, Até logo, senhor director, que tudo lhe corra bem, Tal como estão as cousas, já não sabemos o que está bem e o que está mal, Tem razão, A propósito, como se encontra o seu pai, Na mesma situação, senhor director, sofrer, não parece sofrer, mas para ali está a definhar, a extinguir-se, já leva dois meses naquele estado, e, visto o que vem acontecendo, só terei de esperar a minha vez para que me estendam numa cama ao lado dele, Sabe-se lá, disse o director, e saiu.

O chefe de gabinete foi receber o director-geral à porta, cumprimentou-o com secura evidente, depois disse, Acompanho-o ao senhor primeiro-ministro, Um minuto, antes quero pedir-lhe desculpa, havia realmente um idiota chapado na nossa conversação, mas esse era eu, O mais provável é que não fosse nenhum de nós, disse o chefe de gabinete sorrindo, Se pudesse ver o que levo dentro deste bolso compreenderia o meu estado de espírito, Não se preocupe, quanto ao que me toca, está desculpado, Agradeço-lho, seja como for já não faltam muitas horas para que a bomba estale e se torne pública, Oxalá não faça demasiado estrondo ao rebentar, O estrondo será maior que o pior dos trovões jamais escutados, e mais cegantes os relâmpagos que todos os outros juntos, Está a deixar-me preocupado, Nessa altura, meu caro, tenho a certeza de que me tornará a desculpar, Vamos lá, o senhor primeiro-ministro já está à sua espera. Atravessaram uma sala a que em épocas passadas deviam ter chamado antecâmara, e um minuto depois o director-geral estava na presença do primeiro-ministro, que o recebeu com um sorriso, Vejamos então que problema de vida ou morte é esse que me traz aí, Com o devido respeito, estou convencido de que nunca da sua boca lhe terão saído palavras mais certas, senhor primeiro-ministro. Tirou a carta do bolso e estendeu-a por cima da mesa. O outro estranhou, Não traz o nome do destinatário, Nem de quem a enviou, disse o director, é como se fosse uma carta dirigida a toda a gente, Anónima, Não, senhor primeiro-ministro, como poderá ver vem assinada, mas leia, leia, por favor. O sobrescrito foi aberto pausadamente, a folha de papel desdobrada, mas logo às primeiras linhas o primeiro-ministro levantou os olhos e disse, Isto parece uma brincadeira, Podê-lo-ia ser, de facto, mas não creio, apareceu em cima da minha mesa de trabalho sem que ninguém saiba como, Não me parece que essa seja uma boa razão para darmos crédito ao que aqui se está a dizer, Continue, continue, por favor. Chegado ao final da carta, o primeiro-ministro, devagar, movendo os lábios em silêncio, articulou as duas sílabas da palavra que a assinava. Pousou o papel sobre a secretária, olhou fixamente o interlocutor e disse, Imaginemos que se trata de uma brincadeira, Não o é, Também estou em crer que não o seja, mas se estou a dizer-lhe que o imaginemos é só para concluir que não demoraríamos muitas horas a sabê-lo, Precisamente doze, uma vez que é meio-dia agora, Aí é onde eu quero chegar, se o que se anuncia na carta vier a cumprir-se, e se não avisámos antes as pessoas, irá repetir-se, mas ao invés, o que sucedeu na noite do fim de ano, Tanto faz que as avisemos, ou não, senhor primeiro-ministro, o efeito será o mesmo, Contrário, Contrário, mas o mesmo,

Exacto, no entanto, se as tivéssemos avisado e afinal viesse a verificar-se que se tratava de uma brincadeira, as pessoas teriam passado um mau bocado inutilmente, embora seja certo que haveria muito que conversar sobre a pertinência deste advérbio, Não creio que valha a pena, o senhor primeiro-ministro já disse que não pensa que seja uma brincadeira, Assim é, Que fazer, então, avisar, ou não avisar, Essa é a questão, meu caro director-geral, temos de pensar, ponderar, reflectir, A questão já está nas suas mãos, senhor primeiro-ministro, a decisão pertence-lhe, Pertence-me, de facto, poderia até rasgar este papel em mil pedaços e deixar-me ficar à espera do que acontecesse, Não creio que o faça, Tem razão, não o farei, portanto há que tomar uma decisão, dizer simplesmente que a população deve ser avisada, não basta, é preciso saber como, Os meios de comunicação social existem para isso, senhor primeiro-ministro, temos a televisão, os jornais, a rádio, A sua ideia, portanto, é que distribuamos a todos esses meios uma fotocópia da carta acompanhada de um comunicado do governo em que se pediria serenidade à população e se dariam alguns conselhos sobre como proceder na emergência, O senhor primeiro-ministro formulou a ideia melhor do que eu alguma vez seria capaz de fazer, Agradeço-lhe a lisonjeira opinião, mas agora peço-lhe que faça um esforço e imagine o que aconteceria se procedêssemos desse modo, Não percebo, Esperava melhor do director-geral da televisão, Se assim é, sinto não estar à altura, senhor primeiro-ministro, Claro que está, o que se passa é que se encontra aturdido pela responsabilidade, E o senhor primeiro-ministro, não está aturdido, Também estou, mas, no meu caso, aturdido não quer dizer paralisado, Ainda bem para o país, Agradeço-lhe uma vez mais, nós não temos conversado muito um com o outro, geralmente só falo da televisão com o ministro da tutela, mas creio que chegou o momento de fazer de si uma figura nacional, Agora é que não o compreendo de todo, senhor primeiro-ministro, É simples, este assunto vai ficar entre nós, rigorosamente entre nós, até às nove horas da noite, a essa hora o noticiário da televisão abrirá com a leitura de um comunicado oficial em que se explicará o que irá suceder à meia-noite de hoje, sendo igualmente lido um resumo da carta, e a pessoa que procederá a estas duas leituras será o director-geral da televisão, em primeiro lugar porque foi ele o destinatário da carta, ainda que não nomeado nela, e em segundo lugar porque o director-geral da televisão é a pessoa em quem confio para que ambos levemos a cabo a missão de que, implicitamente, fomos encarregados pela dama que assina este papel, Um locutor faria melhor o trabalho, senhor primeiro-ministro, Não quero um locutor, quero o director-geral da televisão, Se é esse o seu desejo, considerá-lo-ei como uma honra, Somos as únicas pessoas que conhecem o que se vai passar hoje à meia-noite e continuaremos a sê-lo até à hora em que a população receba a informação, se fizéssemos o que há pouco propôs, isto é, passar já a notícia à comunicação social, iríamos ter aí doze horas de confusão, de pânico, de tumulto, de histerismo colectivo, e sei lá que mais, portanto, uma vez que não está nas nossas possibilidades, refiro-me ao governo, evitar essas reacções, ao menos que as limitemos a três horas, daí para diante já não será connosco, vamos ter de tudo, lágrimas, desesperos, alívios mal disfarçados, novas contas à vida, Parece boa ideia, Sim, mas só porque não temos outra melhor. O primeiro-ministro pegou na folha de papel, passou-lhe os olhos sem ler e disse, É curioso, a letra inicial da assinatura deveria ser maiúscula, e é minúscula, Também estranhei, escrever um nome com minúscula é anormal, Diga-me se vê algo de normal em toda esta história que temos andado a viver, Realmente, nada, A propósito, sabe tirar fotocópias, Não sou especialista, mas tenho-o feito algumas vezes, Estupendo. O primeiro-ministro meteu a carta e o sobrescrito dentro de uma pasta repleta de documentos e mandou chamar o chefe de gabinete, a quem ordenou, Faça desocupar imediatamente a sala onde se encontra a fotocopiadora, Está onde os funcionários trabalham, senhor primeiro-ministro, é esse o seu lugar, Que vão para outro sítio, que esperem no corredor ou saiam a fumar um cigarro, só precisaremos de três minutos, não é assim, director-geral, Nem tanto, senhor, Eu poderei tirar a fotocópia com absoluta discrição, se é isso, como me permito supor, o que se pretende, disse o chefe de gabinete, É precisamente isso que se pretende, discrição, mas, por esta vez, eu próprio me encarregarei do trabalho, com a assistência técnica, digamos assim, do senhor director-geral da televisão aqui presente, Muito bem, senhor primeiro-ministro, vou dar as ordens necessárias para que a sala seja evacuada. Regressou daí a minutos, Já está desocupada, senhor primeiro-ministro, se não vê inconveniente volto para o meu gabinete, Congratulo-me por não ter de lho pedir e peço-lhe que não leve a mal estas manobras aparentemente conspirativas pelo facto de o excluírem a si, conhecerá ainda hoje o motivo de tantas precauções e sem precisar que eu lho diga, Com certeza, senhor primeiro-ministro, nunca me permitiria duvidar da bondade das suas razões, Assim se fala, meu caro. Quando o chefe de gabinete saiu, o primeiro-ministro pegou na pasta e disse, Vamos lá. A sala estava deserta. Em menos de um minuto a fotocópia ficou pronta, letra por letra, palavra por palavra, mas era outra cousa, faltava-lhe o toque inquietante da cor violeta do papel, agora é uma missiva vulgar, comum, daquelas do género Oxalá estas regras vos encontrem de boa e feliz saúde em companhia de toda a família, que eu, por mim, só tenho a dizer bem da vida ao fazer desta. O primeiro-ministro entregou a cópia ao director-geral, Aí tem, fico com o original, disse, E o comunicado do governo, quando irei recebê-lo, Sente-se, que eu próprio o redijo num instante, é simples, queridos compatriotas, o governo considerou ser seu dever informar o país sobre uma carta que lhe chegou hoje às mãos, um documento cujo significado e importância não necessitam ser encarecidos, embora não estejamos em condições de garantir a sua autenticidade, admitimos, sem querer antecipar já o seu conteúdo, uma possibilidade de que não venha a produzir-se o que no mesmo documento se anuncia, no entanto, para que a população não se veja tomada de surpresa numa situação que não estará isenta de tensões e aspectos críticos vários, vai-se proceder de imediato à sua leitura, da qual, com o beneplácito do governo, se encarregará o senhor director-geral da televisão, uma palavra ainda antes de terminar, não é necessário assegurar que, como sempre, o governo se vai manter atento aos interesses e necessidades da população em horas que serão, sem dúvida, das mais difíceis desde que somos nação e povo, motivo este por que apelamos a todos vós para que conserveis a calma e a serenidade de que tantas mostras haveis dado durante a sucessão de duras provações por que passámos desde o princípio do ano, ao mesmo tempo que confiamos em que um porvir mais benévolo nos venha restituir a paz e a felicidade de que somos merecedores e de que desfrutávamos antes, queridos compatriotas, lembrai-vos de que a união faz a força, esse é o nosso lema, a nossa divisa, mantenhamo-nos unidos e o futuro será nosso, pronto, já está, como vê, foi rápido, estes comunicados oficiais não exigem grandes esforços de imaginação, quase se poderia dizer que se redigem a si próprios, tem aí uma máquina de escrever, copie e guarde tudo bem guardado até às nove horas da noite, não se separe desses papéis nem por um instante, Fique tranquilo, senhor primeiro-ministro, estou perfeitamente consciente das minhas responsabilidades nesta conjuntura, tenha a certeza de que não se sentirá decepcionado, Muito bem, agora pode regressar ao seu trabalho, Permita-me que lhe faça ainda duas perguntas antes de ir-me, Adiante, O senhor primeiro-ministro acaba de dizer que até às nove horas da noite só duas pessoas saberão deste assunto, Sim, o senhor e eu, nenhuma outra, nem sequer o governo, E o rei, se não é ousadia da minha parte meter-me onde não sou chamado, Sua majestade sabê-lo-á ao mesmo tempo que os demais, isto, claro, no caso de estar a ver a televisão, Suponho que não irá ficar muito contente por não haver sido informado antes, Não se preocupe, a melhor das virtudes que exornam os reis, refiro-me, como é óbvio, aos constitucionais, é serem pessoas extraordinariamente compreensivas, Ah, E a outra pergunta que queria fazer, Não é bem uma pergunta, Então, É que, sinceramente, estou assombrado com o sangue-frio que está demonstrando, senhor primeiro-ministro, a mim, o que vai suceder no país à meia-noite aparece-me como uma catástrofe, um cataclismo como nunca houve outro, uma espécie de fim do mundo, enquanto, olhando para si, é como se estivesse a tratar de um assunto qualquer de rotina governativa, dá tranquilamente as suas ordens, e há pouco tive até a impressão de que havia sorrido, Estou convencido de que também o meu caro director-geral sorriria se tivesse uma ideia da quantidade de problemas que esta carta me vem resolver sem ter precisado de mover um dedo, e agora deixe-me trabalhar, tenho de dar umas quantas ordens, falar com o ministro do interior para que mande pôr a polícia de prevenção, tratarei de inventar um motivo plausível, a possibilidade de uma alteração da ordem pública, não é pessoa para perder muito tempo a pensar, prefere a acção, dêem-lhe acção se querem vê-lo feliz, Senhor primeiro-ministro, consinta-me que lhe diga que considero um privilégio sem preço ter vivido a seu lado estes momentos cruciais, Ainda bem que o vê dessa maneira, mas poderá ficar certo de que mudaria rapidamente de opinião se uma só palavra das que foram ditas neste gabinete, minhas ou suas, viesse a ser conhecida fora das quatro paredes dele, Compreendo, Como um rei constitucional, Sim, senhor primeiro-ministro.

Eram quase vinte horas e trinta minutos quando o director-geral chamou ao seu gabinete o responsável do telejornal para o informar de que o noticiário dessa noite iria abrir com a leitura de uma comunicação do governo ao país, da qual, como de costume, deveria encarregar-se o locutor que se encontrasse de serviço, após o que ele próprio, director-geral, leria um outro documento, complementar do primeiro. Se ao responsável do telejornal o procedimento lhe pareceu anormal, desusado, fora do costume, não o deu a perceber, limitou-se a pedir os dois documentos para serem passados ao teleponto, esse meritório aparelho que permite criar a presunçosa ilusão de que o comunicante se está a dirigir directa e unicamente a cada uma das pessoas que o escutam. O director-geral respondeu que neste caso o teleponto não iria ser utilizado, Faremos a leitura à moda antiga, disse, e acrescentou que entraria no estúdio às vinte horas e cinquenta e cinco minutos precisas, momento em que entregaria o comunicado do governo ao locutor, a quem instruções rigorosas já deveriam ter sido dadas para só abrir a pasta que o continha quando fosse iniciar a leitura. O responsável do telejornal pensou que, agora sim, havia motivo para mostrar um certo interesse pelo assunto, É assim tão importante, perguntou, Em meia hora o saberá, E a bandeira, senhor director-geral, quer que a mande colocar atrás da cadeira onde se irá sentar, Não, nada de bandeiras, não sou nem chefe do governo nem ministro, Nem rei, sorriu o responsável do telejornal com um ar de lisonjeira cumplicidade, como se quisesse dar a entender que rei, sim, o era, mas da televisão nacional. O director-geral fez que não tinha ouvido, Pode ir, dentro de vinte minutos estarei no estúdio, Não haverá tempo para que o maquilhem, Não quero ser maquilhado, a leitura será bastante breve e os telespectadores, nessa altura, terão mais cousas em que pensar que se a minha cara está maquilhada ou não, Muito bem, o senhor director-geral manda, Em todo o caso, tome providências para que os focos não me ponham covas na cara, não gostaria que me vissem no ecrã com aspecto de desenterrado, hoje menos que em qualquer outra ocasião. Às vinte horas e cinquenta e cinco minutos o director-geral entrou no estúdio, entregou ao locutor de serviço a pasta com o comunicado do governo e foi sentar-se no lugar que lhe estava destinado. Atraídas pelo insólito da situação, a notícia, como seria de esperar, tinha corrido, havia muitas mais pessoas no estúdio do que era habitual. O realizador ordenou silêncio. Às vinte e uma horas exactas surgiu, acompanhado pela sua inconfundível música de fundo, o fulgurante arranque do telejornal, uma variada e velocíssima sequência de imagens com as quais se pretendia convencer o telespectador de que aquela televisão, ao seu serviço as vinte e quatro horas do dia, estava, como antigamente se dizia da divindade, em toda a parte e de toda a parte mandava notícias. No mesmo instante em que o locutor acabou de ler o comunicado do governo, a câmara número dois pôs o director-geral no ecrã. Notava-se que estava nervoso, que tinha a garganta apertada. Pigarreou um pouco para limpar a voz e começou a ler, senhor director-geral da televisão nacional, estimado senhor, para os efeitos que as pessoas interessadas tiverem por convenientes venho informar de que a partir da meia-noite de hoje se voltará a morrer tal como sucedia, sem protestos notórios, desde o princípio dos tempos e até ao dia trinta e um de dezembro do ano passado, devo explicar que a intenção que me levou a interromper a minha actividade, a parar de matar, a embainhar a emblemática gadanha que imaginativos pintores e gravadores doutro tempo me puseram na mão, foi oferecer a esses seres humanos que tanto me detestam uma pequena amostra do que para eles seria viver sempre, isto é, eternamente, embora, aqui entre nós dois, senhor director-geral da televisão nacional, eu tenha de confessar a minha total ignorância sobre se as duas palavras, sempre e eternamente, são tão sinónimas quanto em geral se crê, ora bem, passado este período de alguns meses a que poderíamos chamar de prova de resistência ou de tempo gratuito e tendo em conta os lamentáveis resultados da experiência, tanto de um ponto de vista moral, isto é, filosófico, como de um ponto de vista pragmático, isto é, social, considerei que o melhor para as famílias e para a sociedade no seu conjunto, quer em sentido vertical, quer em sentido horizontal, seria vir a público reconhecer o equívoco de que sou responsável e anunciar o imediato regresso à normalidade, o que significará que a todas aquelas pessoas que já deveriam estar mortas, mas que, com saúde ou sem ela, permaneceram neste mundo, se lhes apagará a candeia da vida quando se extinguir no ar a última badalada da meia-noite, note-se que a referência à badalada é meramente simbólica, não seja que a alguém lhe passe pela cabeça a ideia estúpida de encravar os relógios dos campanários ou de retirar o badalo aos sinos pensando que dessa maneira deteria o tempo e contrariaria o que é minha decisão irrevogável, esta de devolver o supremo medo ao coração dos homens a maior parte das pessoas que antes se encontravam no estúdio já se havia sumido dali, e as que ainda se mantinham bichanavam baixinho umas com as outras, os seus murmúrios zumbindo sem que o realizador, ele próprio a deixar cair o queixo de puro pasmo, se lembrasse de mandar calar com aquele gesto furioso que era seu costume usar em circunstâncias obviamente muito menos dramáticas portanto resignem-se e morram sem discutir porque de nada lhes adiantaria, porém, um ponto há em que sinto ser minha obrigação dar a mão à palmatória, o qual tem que ver com o injusto e cruel procedimento que vinha seguindo, que era tirar a vida às pessoas à falsa-fé, sem aviso prévio, sem dizer água-vai, tenho de reconhecer que se tratava de uma indecente brutalidade, quantas vezes não dei nem sequer tempo a que fizessem testamento, é certo que na maior parte dos casos lhes mandava uma doença para abrir caminho, mas as doenças têm algo de curioso, os seres humanos sempre esperam safar-se delas, de modo que só quando já é tarde de mais se vem a saber que aquela iria ser a última, enfim, a partir de agora toda a gente passará a ser prevenida por igual e terá um prazo de uma semana para pôr em ordem o que ainda lhe resta de vida, fazer testamento e dizer adeus à família, pedindo perdão pelo mal feito ou fazendo as pazes com o primo com quem desde há vinte anos estava de relações cortadas, dito isto, senhor director-geral da televisão nacional, só me resta pedir-lhe que faça chegar hoje mesmo a todos os lares do país esta minha mensagem autógrafa, que assino com o nome com que geralmente se me conhece, morte. O director-geral levantou-se da cadeira quando viu que já o tinham retirado do ecrã, dobrou a cópia da carta e meteu-a num dos bolsos interiores do casaco. Notou que o realizador vinha para ele, pálido, com o rosto descomposto, Então era isso, dizia num murmúrio quase inaudível, então era isso. O director-geral acenou em silêncio e dirigiu-se à saída. Não ouviu as palavras que o locutor começara a balbuciar, Acabaram de escutar, e depois as notícias que haviam deixado de ter importância porque em todo o país ninguém lhes estava a dar a menor atenção, nas casas em que havia um doente terminal as famílias foram juntar-se à cabeceira do infeliz, porém, não podiam dizer-lhe que ia morrer daí a três horas, não podiam dizer-lhe que já agora podia aproveitar o tempo para fazer o testamento a que sempre se tinha negado ou se queria que chamassem o primo para fazerem as pazes, também não podiam praticar a hipocrisia do costume que era perguntar se se sentia melhorzinho, ficavam a contemplar a pálida e emaciada face, depois olhavam o relógio às furtadelas, à espera de que o tempo passasse e de que o comboio do mundo regressasse aos carris do costume para fazer a viagem de sempre. E não poucas famílias houve que, tendo já pago à máphia para que lhes levasse dali o triste despojo, e supondo, no melhor dos casos, que não iriam agora pôr-se a chorar o dinheiro gasto, viam como, se houvessem tido um pouco mais de caridade e paciência, lhes teria saído grátis o despejo. Nas ruas havia enormes alvoroços, viam-se pessoas paradas, aturdidas, ou desorientadas, sem saberem para que lado fugir, outras a chorar desconsoladamente, outras abraçadas como se tivessem resolvido começar ali mesmo as despedidas, algumas discutiam se as culpas de tudo isto seriam do governo, ou da ciência médica, ou do papa de roma, um céptico protestava que não havia memória de a morte ter escrito alguma vez uma carta e que era necessário mandar fazer com urgência a análise da caligrafia porque, dizia, uma mão só composta de trocinhos ósseos nunca poderia escrever da mesma maneira que o teria feito uma mão completa, autêntica, viva, com sangue, veias, nervos, tendões, pele e carne, e que se era certo que os ossos não deixam impressões digitais no papel e portanto não se poderia por aí identificar o autor da carta, um exame ao adn talvez lançasse alguma luz sobre esta inesperada manifestação epistolar de um ser, se a morte o é, que tinha estado silencioso toda a vida. Neste mesmo momento o primeiro-ministro está a falar com o rei pelo telefone, a explicar--lhe as razões por que havia decidido não lhe dar conhecimento da carta da morte, e o rei responde que sim, que compreende perfeitamente, então o primeiro-ministro diz-lhe que sente muito o funesto desenlace que a última badalada da meia-noite virá impor à periclitante vida da rainha-mãe, e o rei encolhe os ombros, que para pouca vida mais vale nenhuma, hoje ela, amanhã eu, tanto mais que o príncipe herdeiro já anda a dar mostras de impaciência, a perguntar quando chegará a sua vez de ser rei constitucional. Depois de terminada esta conversação íntima, com toques de inusual sinceridade, o primeiro-ministro deu instruções ao chefe de gabinete para convocar todos os membros do governo a uma reunião de urgência máxima, Quero-os aqui em três quartos de hora, às dez em ponto, disse, teremos de discutir, aprovar e pôr em marcha os paliativos necessários para minorar as confusões e balbúrdias de toda a espécie que a nova situação inevitavelmente criará nos próximos dias, Refere-se à quantidade de pessoas falecidas que vai ser preciso evacuar nesse curtíssimo prazo, senhor primeiro-ministro, Isso ainda é o menos importante, meu caro, para resolver problemas dessa natureza é que as agências funerárias existem, aliás, a crise acabou para elas, devem estar contentíssimas a deitar contas ao que vão ganhar, portanto, que enterrem elas os mortos como lhes compete, que a nós caber-nos-á tratar dos vivos, por exemplo, organizar equipas de psicólogos para ajudarem as pessoas a superar o trauma de terem de voltar a morrer quando estavam tão convencidas de que iriam viver para sempre, Realmente deverá ser duro, eu próprio já o havia pensado, Não perca tempo, os ministros que tragam os secretários de estado respectivos, quero-os aqui a todos às dez em ponto, se algum lhe perguntar, diga que é o primeiro a ser convocado, eles são como crianças pequenas, gostam de rebuçados. O telefone tocou, era o ministro do interior, Senhor primeiro-ministro, estou a receber chamadas de todos os jornais, disse, exigem que lhes sejam fornecidas cópias da carta que acaba de ser lida na televisão em nome da morte e que eu deploravelmente desconhecia, Não o deplore, se entendi assumir a responsabilidade de guardar segredo foi para que não tivéssemos de aguentar doze horas de pânico e de confusão, Que faço, então, Não se preocupe com este assunto, o meu gabinete vai distribuir a carta agora mesmo por todos os órgãos de comunicação social, Muito bem, senhor primeiro-ministro, O governo reunir-se-á às dez horas em ponto, traga os seus secretários de estado, Os subsecretários também, Não, esses deixe-os a guardar a casa, sempre ouvi dizer que muita gente junta não se salva, Sim, senhor primeiro-ministro, Seja pontual, a reunião principiará às dez horas e um minuto, Tenha a certeza de que seremos os primeiros a chegar, senhor primeiro-ministro, Receberá a sua medalha, Que medalha, Era só uma maneira de falar, não faça caso.

Os representantes das empresas funerárias, enterros, incinerações e trasladações, serviço permanente, vão reunir-se à mesma hora na sede da corporação. Confrontadas com o desmesurado e nunca antes experimentado desafio profissional que representará a morte simultânea e o subsequente despacho fúnebre de milhares de pessoas em todo o país, a única solução séria que se lhes apresentará, ademais de altamente beneficiosa do ponto de vista económico graças ao embaratecimento racionalizado dos custos, será porem em campo, de forma conjunta e ordenada, os recursos de pessoal e os meios tecnológicos de que dispõem, em suma, a logística, estabelecendo de caminho quotas proporcionais de participação no bolo, como graciosamente dirá o presidente da associação de classe, com discreto embora sorridente aplauso da companhia. Haverá que levar em conta, por exemplo, que a produção de caixões, tumbas, ataúdes, féretros e esquifes para uso humano se encontra estancada desde o dia em que as pessoas deixaram de morrer e que, no improvável caso de que ainda restem existências numa ou outra carpintaria de gerência conservadora, será como aquela pequena rosette de malherbe, que, convertida em rosa, mais não pôde durar que a brevidade de uma manhã. A citação literária foi obra do presidente, que, sem vir muito a propósito, mas provocando os aplausos da assistência, disse a seguir, Seja como for, terminou para nós a vergonha de andar a fazer enterros a cães, gatos e canários de estimação, E papagaios, disse uma voz lá ao fundo, E papagaios, assentiu o presidente, E peixinhos tropicais, lembrou outra voz, Isso foi só depois da polémica levantada pelo espírito que paira sobre a água do aquário, corrigiu o secretário da mesa, a partir de agora vão passar a dá-los aos gatos, por aquilo de lavoisier, quando disse que na natureza nada se cria e nada se perde, tudo se transforma. Se não se chegou a saber a que extremos poderiam chegar os alardes de almanaque das agências funerárias ali reunidas foi porque um dos seus representantes, preocupado com o tempo, vinte e duas horas e quarenta e cinco minutos no seu relógio, levantou o braço para propor que se telefonasse à associação de carpinteiros a perguntar como estavam eles de caixões e ataúdes, Precisamos de saber com o que podemos contar a partir de amanhã, concluiu. Como seria de esperar, a proposta foi calorosamente aplaudida, mas o presidente, disfarçando mal o despeito por não ter sido dele a ideia, observou, O mais certo é não haver ninguém nos carpinteiros a estas horas, Permito-me duvidar, senhor presidente, as mesma razões que aqui nos reuniram, deverão tê-los feito reunir a eles. Acertava em cheio o proponente. Da corporação de carpinteiros responderam que tinham alertado os respectivos associados logo a seguir à leitura da carta da morte, chamando a sua atenção para a conveniência de restabelecerem no mais curto prazo possível o fabrico de caixaria fúnebre, e que, de acordo com as informações que estavam a receber continuamente, não só muitas empresas haviam logo convocado os seus operários, como também já se encontravam em plena laboração a maior parte delas. Vai contra o horário de trabalho, disse o porta-voz da corporação, mas, considerando que se trata de uma situação de emergência nacional, os nossos advogados têm a certeza de que o governo não terá outro remédio senão fechar os olhos e de que ainda por cima nos agradecerá, o que não poderemos garantir, nesta primeira fase, é que os caixões e os ataúdes a fornecer se apresentem com a mesma qualidade de acabamento a que tínhamos habituado os nossos clientes, os polimentos, os vernizes e os crucifixos no tampo terão de ficar para a fase seguinte, quando a pressão dos enterros começar a diminuir, de todo o modo estamos conscientes da responsabilidade de sermos uma peça fundamental neste processo. Ouviram-se novos e ainda mais calorosos aplausos na reunião dos representantes das agências funerárias, agora sim, agora havia motivo para se felicitarem mutuamente, nenhum corpo ficaria por enterrar, nenhuma factura por cobrar. E os coveiros, perguntou o da proposta, Os coveiros fazem o que se lhes mandar, respondeu irritado o presidente. Não era bem assim. Por outra chamada telefónica soube-se que os coveiros exigiam um aumento substancial de salário e o pagamento em triplo das horas extraordinárias. Isso é com as câmaras municipais, eles que se amanhem, disse o presidente. E se chegamos ao cemitério e não há lá ninguém para abrir as covas, perguntou o secretário. A discussão prosseguiu acesa. Às vinte e três horas e cinquenta minutos o presidente teve um infarto de miocárdio. Morreu com a última badalada da meia-noite.

Muito mais que uma hecatombe. Durante sete meses, que tantos foram os que a trégua unilateral da morte havia durado, tinham-se ido acumulando em uma nunca vista lista de espera mais de sessenta mil moribundos, exactamente sessenta e dois mil quinhentos e oitenta, postos de uma vez em paz por obra de um instante único, de um átimo de tempo carregado de uma potência mortífera que só encontraria comparação em certas repreensivas acções humanas. A propósito, não resistiremos a recordar que a morte, por si mesma, sozinha, sem qualquer ajuda externa, sempre matou muito menos que o homem. Talvez algum espírito curioso se esteja perguntando agora como foi que conseguimos apurar aquela precisa quantidade de sessenta e duas mil quinhentas e oitenta pessoas que fecharam os olhos ao mesmo tempo e para sempre. Foi muito fácil. Sabendo-se que o país em que tudo isto se passa tem mais ou menos dez milhões de habitantes e que a taxa de mortalidade é mais ou menos de dez por mil, duas simples operações aritméticas, das mais elementares, a multiplicação e a divisão, a par de uma cuidadosa ponderação das proporções intermediárias mensais e anuais, permitiram-nos obter, para cima e para baixo, uma estreita faixa numérica na qual a quantidade finalmente indicada se nos apresentou como média razoável, e se dizemos razoável é porque igualmente poderíamos haver adoptado os números laterais de sessenta e duas mil quinhentas e setenta e nove ou de sessenta e duas mil quinhentas e oitenta e uma pessoas se a morte do presidente da corporação das agências funerárias, por inesperada e de última hora, não tivesse vindo introduzir nos nossos cálculos um factor de perturbação. Ainda assim, estamos confiantes em que a verificação dos óbitos, iniciada logo às primeiras horas da manhã seguinte, virá confirmar a justeza das contas feitas. Outro espírito curioso, dos que sempre interrompem o narrador, estará perguntando como podiam os médicos saber a que moradas se deveriam dirigir para executar uma obrigação sem cujo cumprimento um morto não estará legalmente morto, ainda que indiscutivelmente morto esteja. Em certos casos, escusado seria dizê-lo, foram as próprias famílias do defunto a chamar o seu médico assistente ou de cabeceira, mas esse recurso teria forçosamente um alcance muito reduzido, uma vez que o que se pretendia era oficializar em tempo recorde uma situação anómala, de modo a evitar que se confirmasse uma vez mais o ditado que diz que uma desgraça nunca vem só, o que, aplicado à situação, significaria depois de morte súbita, putridez em casa. Foi então quando se demonstrou que não é por acaso que um primeiro-ministro chega a tão altas funções e que, como não se tem cansado de afirmar a infalível sabedoria das nações, cada povo tem o governo que merece, devendo contudo observar-se, quanto a este particular, e para completa clarificação do assunto, que se é verdade que os primeiros-ministros, para bem ou para mal, não são todos iguais, também não é menos verdade que os povos não são sempre a mesma cousa. Numa palavra, em um caso como no outro, depende. Ou é conforme, se se preferir dizê-lo em duas palavras. Como se vai ver, qualquer observador, mesmo que não especialmente propenso à imparcialidade dos juízos, não teria a menor dúvida em reconhecer que o governo soube mostrar-se à altura da gravidade da situação. Todos estaremos lembrados de que na alegria daqueles primeiros e deliciosos dias de imortalidade, afinal tão breves, a que este povo inocentemente se entregou, uma senhora, viúva de pouco tempo, teve a ideia de celebrar essa felicidade nova pendurando na varanda florida da sua casa de jantar, aquela que dava para a rua, a bandeira nacional. Também estaremos recordados de como o embandeiramento, em menos de quarenta e oito horas, qual rastilho de pólvora, qual nova epidemia, alastrou a todo o país. Passados estes sete meses de contínuas e malsofridas desilusões, só raras bandeiras haviam sobrevivido, e, mesmo essas, reduzidas a melancólicos farrapos, com as cores comidas pelo sol e deslavadas pela chuva, além de lamentavelmente desmanchada a arquitectura do emblema. Dando prova de um admirável espírito previsor, o governo, entre outras medidas de urgência destinadas a suavizar os danos colaterais do inopinado regresso da morte, tinha recuperado a bandeira da pátria como indicativo de que ali, naquele terceiro andar esquerdo, havia um morto à espera. Assim industriadas, as famílias que tinham sido feridas pela odiosa parca mandaram um dos seus à loja a comprar o símbolo, penduraram-no à janela e, enquanto enxotavam as moscas da cara do falecido, puseram-se a aguardar o médico que viria certificar o óbito. Reconheça-se que a ideia não só era eficaz, como da mais extremada elegância. Os médicos de cada cidade, vila, aldeia ou simples lugar, de carro, de bicicleta ou a pé, só tinham de percorrer as ruas de olho atento à bandeira, subir à casa assinalada e, tendo comprovado a defunção à vista desarmada, sem a ajuda de instrumentos, porquanto outros exames mais chegados ao corpo se haviam tornado impossíveis por causa da urgência, deixavam um papel assinado com o qual se tranquilizariam as agências funerárias sobre a natureza específica da matéria-prima, isto é, que se a esta enlutada casa tinham vindo por lebre, não seria gato o que levariam dela. Como já se terá percebido, a bem lembrada utilização da bandeira nacional iria ter uma dupla finalidade e uma dupla vantagem. Havendo começado por servir de guia aos médicos, iria ser agora farol para os empacotadores do defunto. No caso das cidades maiores, e com distinção para a capital, metrópole desproporcionada em relação ao pequeno tamanho do país, a divisão do espaço urbano por talhões, com vista ao estabelecimento de quotas proporcionais de participação no bolo, como com fino espírito havia dito o desditoso presidente da associação dos funerários, facilitaria enormemente a tarefa dos angariadores de fretes humanos na sua correria contra o tempo. Um outro efeito subsequente da bandeira, não previsto, não esperado, mas que veio mostrar a que ponto podemos estar equivocados quando nos dedicamos a cultivar cepticismos da espécie sistemática, foi o virtuoso gesto de uns quantos cidadãos respeitadores das mais arraigadas tradições de esmerada conduta social e que ainda usavam chapéu, descobrindo-se ao passar diante das festoadas janelas e deixando no ar a dúvida admirável de se o faziam por causa do falecido ou do símbolo vivo e sagrado da pátria.

Os jornais, nem seria necessário dizê-lo, tiveram uma procura enorme, maior ainda do que quando pareceu que se tinha deixado de morrer. Claro que um grande número de pessoas já haviam sido informadas pela televisão do cataclismo que lhes caíra sobre as cabeças, muitas delas tinham até parentes mortos em casa à espera do médico e bandeiras chorando na sacada, mas é muito fácil de compreender que existe uma certa diferença entre a imagem nervosa de um director-geral falando ontem à noite no pequeno ecrã e estas páginas convulsas, agitadas, manchadas de títulos exclamativos e apocalípticos que se podem dobrar, guardar no bolso e levar para reler em casa com todo o vagar e de que nos contentaremos com respigar aqui estes poucos mas expressivos exemplos, Depois Do Paraíso O Inferno, A Morte Dirige O Baile, Imortais Por Pouco Tempo, Outra Vez Condenados A Morrer, Xeque-Mate, Aviso Prévio A Partir De Agora, Sem Apelo E Com Agravo, Um Papel De Cor Violeta, Sessenta E Dois Mil Mortos Em Menos De Um Segundo, A Morte Ataca À Meia-Noite, Ninguém Foge Ao Seu Destino, Sair Do Sonho Para Cair No Pesadelo, Regresso À Normalidade, Que Fizemos Nós Para Merecer Isto, et cætera, et cætera. Todos os jornais, sem excepção, publicavam na primeira página o manuscrito da morte, mas um deles, para tornar mais fácil a leitura, reproduziu o texto em letra de forma corpo catorze dentro de uma caixa, corrigiu-lhe a pontuação e a sintaxe, acertou-lhe as conjugações verbais, pôs as maiúsculas onde faltavam, sem esquecer a assinatura final, que passou de morte a Morte, uma diferença inapreciável ao ouvido, mas que irá provocar nesse mesmo dia um indignado protesto da autora da missiva, também por escrito e no mesmo papel de cor violeta. Segundo a opinião autorizada de um gramático consultado pelo jornal, a morte, simplesmente, não dominava nem sequer os primeiros rudimentos da arte de escrever. Logo a caligrafia, disse ele, é estranhamente irregular, parece que se reuniram ali todos os modos conhecidos, possíveis e aberrantes de traçar as letras do alfabeto latino, como se cada uma delas tivesse sido escrita por uma pessoa diferente, mas isso ainda se perdoaria, ainda poderia ser tomado como defeito menor à vista da sintaxe caótica, da ausência de pontos finais, do não uso de parêntesis absolutamente necessários, da eliminação obsessiva dos parágrafos, da virgulação aos saltinhos e, pecado sem perdão, da intencional e quase diabólica abolição da letra maiúscula, que, imagine-se, chega a ser omitida na própria assinatura da carta e substituída pela minúscula correspondente. Uma vergonha, uma provocação, continuava o gramático, e perguntava, Se a morte, que teve o impagável privilégio de assistir no passado aos maiores génios da literatura, escreve desta maneira, como não o farão amanhã as nossas crianças se lhes dá para imitar semelhante monstruosidade filológica, a pretexto de que, andando a morte por cá há tanto tempo, deverá saber tudo de todos os ramos do conhecimento. E o gramático terminava, Os disparates sintácticos que recheiam a lamentável carta levar-me-iam a pensar que estaríamos perante uma gigantesca e grosseira mistificação se não fosse a tristíssima realidade, a dolorosa evidência de que a terrível ameaça se cumpriu. Na tarde deste mesmo dia, como já havíamos antecipado, chegou à redacção do jornal uma carta da morte exigindo, nos termos mais enérgicos, a imediata rectificação do seu nome, senhor director, escrevia, eu não sou a Morte, sou simplesmente morte, a Morte é uma cousa que aos senhores nem por sombras lhes pode passar pela cabeça o que seja, vossemecês, os seres humanos, só conhecem, tome nota o gramático de que eu também saberia pôr vós, os seres humanos, só conheceis esta pequena morte quotidiana que eu sou, esta que até mesmo nos piores desastres é incapaz de impedir que a vida continue, um dia virão a saber o que é a Morte com letra grande, nesse momento, se ela, improvavelmente, vos desse tempo para isso, perceberíeis a diferença real que há entre o relativo e o absoluto, entre o cheio e o vazio, entre o ainda ser e o não ser já, e quando falo de diferença real estou a referir-me a algo que as palavras jamais poderão exprimir, relativo, absoluto, cheio, vazio, ser ainda, não ser já, que é isso, senhor director, porque as palavras, se o não sabe, movem-se muito, mudam de um dia para o outro, são instáveis como sombras, sombras elas mesmas, que tanto estão como deixaram de estar, bolas de sabão, conchas de que mal se sente a respiração, troncos cortados, aí lhe fica a informação, é gratuita, não cobro nada por ela, entretanto preocupe-se com explicar bem aos seus leitores os comos e os porquês da vida e da morte, e, já agora, regressando ao objectivo desta carta, escrita, tal como a que foi lida na televisão, de meu punho e letra, convido-o instantemente a cumprir aquelas honradas disposições da lei de imprensa que mandam rectificar no mesmo lugar e com a mesma valorização gráfica o erro, a omissão ou o lapso cometidos, arriscando-se neste caso o senhor director, se esta carta não for publicada na íntegra, a que eu lhe despache, amanhã mesmo, com efeitos imediatos, o aviso prévio que tenho reservado para si daqui por alguns anos, não lhe direi quantos para não lhe amargar o resto da vida, sem outro assunto, subscrevo-me com a atenção devida, morte. A carta apareceu pontualíssima no dia seguinte com derramadas desculpas do director e também em duplicado, isto é, manuscrita e em letra de forma, corpo catorze e caixa. Só quando o jornal saiu à rua é que o director se atreveu a sair do bunker em que se havia encerrado a sete chaves a partir do momento em que leu a cominatória carta. E tão assustado estava ainda que se recusou a publicar o estudo grafológico que um importante especialista na matéria lhe foi entregar pessoalmente. Já basta que me tivesse metido em sarilhos com a assinatura da morte com maiúscula, disse, leve a sua análise a outro jornal, dividimos o mal pelas aldeias e a partir daqui seja o que deus quiser, tudo menos ter de sofrer outro susto igual ao que apanhei. O grafólogo foi a um jornal, foi a outro, e a outro, e só à quarta vez, a ponto já de perder as esperanças, conseguiu que lhe recebessem o fruto das não poucas horas do labiríntico trabalho a que, com lupa diurna e nocturna, se havia dedicado. O substancioso e suculento relatório começava por recordar que a interpretação da escrita, nas suas origens, havia sido um dos ramos da fisiognomia, sendo os outros, para informação de quem não esteja a par desta ciência exacta, a mímica, os gestos, a pantomima e a fonognomonia, feito o que passou a chamar à colação as maiores autoridades na complexa matéria, como foram, cada um em seu tempo e lugar, camillo baldi, johann caspar lavater, édouard auguste patrice hocquart, adolf henze, jean-hippolyte michon, william thierry preyer, cesare lombroso, jules crépieux-jamin, rudolf pophal, ludwig klages, wilhelm helmuth müller, alice enskat, robert heiss, graças aos quais a grafologia havia sido reestruturada no seu aspecto psicológico, demonstrando-se a ambivalência das particularidades grafológicas e a necessidade de conceber a sua expressão como um conjunto, posto o que, uma vez expostos os dados históricos e essenciais da questão, o nosso grafólogo avançou pelo campo da definição exaustiva das características principais da escrita sub judice, a saber, o tamanho, a pressão, o arranjo, a disposição no espaço, os ângulos, a pontuação, a proporção de traços altos e baixos das letras, ou, por outras palavras, a intensidade, a forma, a inclinação, a direcção e a continuação dos signos gráficos, e, finalmente, havendo deixado claro o facto de que o objectivo do seu estudo não era um diagnóstico clínico, nem uma análise do carácter, nem um exame de aptidão profissional, o especialista concentrou a sua atenção nas evidentes mostras relacionadas com o foro criminológico que a escrita a cada passo ia revelando, Não obstante, escrevia frustrado e pesaroso, encontro-me colocado perante uma contradição que não vejo forma nenhuma de solucionar, que duvido mesmo que haja para ela resolução possível, e é que se é certo que todos os vectores da metódica e minuciosa análise grafológica a que procedi apontam a que a autora do escrito é aquilo a que se chama uma serial killer, uma assassina em série, outra verdade igualmente irrefragável, igualmente resultante do meu exame e que de algum modo vem desbaratar a tese anterior, acabou por se me impor, isto é, a verdade de que a pessoa que escreveu esta carta está morta. Assim era, de facto, e a própria morte não teve mais remédio que confirmá-lo, Tem razão, o senhor grafólogo, foram as suas palavras depois de ler a erudita demonstração. Só não se compreendia como, estando ela morta, e toda feita ossos, fosse capaz de matar. E, sobretudo, que escrevesse cartas. Estes mistérios nunca serão esclarecidos.

Ocupados a explicar o que depois da hora fatídica havia sucedido às sessenta e duas mil quinhentas e oitenta pessoas que se encontravam em estado de vida suspensa, adiámos para um momento mais oportuno, que veio a ser este, as indispensáveis reflexões sobre a maneira como reagiram à mudança de situação os lares do feliz ocaso, os hospitais, as companhias de seguros, a máphia e a igreja, especialmente a católica, maioritária no país, ao ponto de nele ser crença comum que o senhor jesus cristo não quereria outro lugar para nascer se tivesse de repetir, de a até z, a sua primeira e até agora, que se saiba, única existência terreal. Nos lares do feliz ocaso, começando por eles, os sentimentos foram o que se esperaria. Se se levar em conta que a ininterrupta rotação dos internados, como ficou claramente explicado logo no princípio destes surpreendentes sucessos, era a própria condição da prosperidade económica das empresas, o regresso da morte teria de ser, como foi, motivo de alegria e renovadas esperanças para as respectivas administrações. Passado o choque inicial causado pela leitura da famosa carta na televisão, os gerentes começaram imediatamente a deitar contas à vida e viram que todas lhes saíam certas. Não poucas garrafas de champanhe foram bebidas à meia-noite para festejar o já não esperado regresso à normalidade, o que, parecendo constituir o cúmulo da indiferença e do desprezo pela vida alheia, não era, afinal, senão o natural alívio, o legítimo desafogo de quem, posto perante uma porta fechada e tendo perdido a chave, a via agora aberta de par em par, escancarada, com o sol do outro lado. Dirão os escrupulosos que ao menos se deveria ter evitado a ostentação ruidosa e pacóvia do champanhe, o saltar da rolha, a espuma a escorrer, e que um discreto cálice de porto ou madeira, uma gota de conhaque, um cheirinho de brande no café, seriam festejo mais que suficiente, mas nós, aqui, que bem sabemos com que facilidade o espírito deixa escapar as rédeas do corpo quando a alegria se desmanda, ainda quando não se deva desculpar, perdoar sempre se pode. Na manhã seguinte, os responsáveis pela gerência chamaram as famílias para que fossem buscar os corpos, mandaram arejar os quartos e mudar os lençóis, e após terem reunido o pessoal para lhes comunicar que, afinal, a vida continuava, sentaram-se a examinar a lista de pedidos de ingresso e a escolher, entre os pretendentes, aqueles que mais prometedores lhes parecessem. Por razões não em todos os aspectos idênticas, mas de igual consideração, também a disposição anímica dos administradores hospitalares e da classe médica havia melhorado da noite para o dia. Embora, como já havia ficado dito antes, uma grande parte dos doentes sem cura e cuja enfermidade havia chegado ao seu extremo e derradeiro grau, se era lícito dizer tal de um estado nosológico que se havia anunciado como eterno, tivessem sido recambiados para as suas casas e famílias, Em que melhores mãos poderiam estar os pobres diabos, perguntava-se hipocritamente, o certo é que um elevado número deles, sem parentes conhecidos nem dinheiro para pagar a pensão exigida nos lares do feliz ocaso, se amontoavam por ali ao sabor do que calhasse, não já nos corredores, como é costume velho destes beneméritos estabelecimentos de assistência, ontem, hoje e sempre, mas em arrecadações e em recantos, em esconsos e em desvãos, onde com frequência os deixavam abandonados por vários dias, sem que isso importasse a quem quer que fosse, pois, como diziam médicos e enfermeiros, por muito mal que se encontrassem, morrer não poderiam. Agora já estavam mortos, levados dali e enterrados, o ar dos hospitais tornara-se puro e cristalino, com aquele seu inconfundível aroma de éter, tintura de iodo e creolina, como nas altas montanhas, a céu aberto. Não se abriram garrafas de champanhe, mas os sorrisos felizes dos administradores e directores clínicos eram um alívio para as almas, e, no que aos médicos se refere, não há mais que dizer senão que haviam recuperado o histórico olhar devorador com que seguiam o pessoal feminino de enfermagem. Portanto, em todos os sentidos da palavra, a normalidade. Quanto às empresas seguradoras, terceiras da lista, não há até este momento muito para informar, porquanto ainda não acabaram de entender-se sobre se a actual situação, à luz das alterações introduzidas nas apólices de seguro de vida e a que antes fizemos referência pormenorizada, as prejudicaria ou beneficiaria. Não darão um passo sem estarem bem seguras da firmeza do chão que pisam, mas, quando finalmente o derem, ali mesmo implantarão novas raízes sob a forma de contrato que consigam inventar mais adequada aos seus interesses, Entretanto, como o futuro a deus pertence e porque não se sabe o que o dia de amanhã nos virá trazer, continuarão a considerar como mortos todos os segurados que atingirem a idade de oitenta anos, este pássaro, pelo menos, já o têm bem seguro na mão, só falta ver se amanhã arranjarão maneira de fazer cair dois na rede. Há quem adiante, no entanto, que, aproveitando a confusão que reina na sociedade, agora mais do que nunca entre a espada e a parede, entre sila e caribdes, entre a cruz e a caldeirinha, talvez não fosse má ideia aumentar para oitenta e cinco ou mesmo noventa anos a idade da morte actuarial. O raciocínio dos que defendem a alteração é transparente e claro como água, dizem que, chegando àquelas idades, as pessoas, em geral, além de não terem já parentes para lhes acudirem numa necessidade, ou terem-nos tão velhos eles próprios que tanto faz, sofrem sérios rebaixamentos no valor das suas pensões de reforma por efeito da inflação e dos crescentes aumentos do custo de vida, causa de que muitíssimas vezes se vejam forçadas a interromper o pagamento dos seus prémios de seguro, dando às companhias o melhor dos motivos para considerarem nulo e sem efeito o respectivo contrato. É uma desumanidade, objectam alguns. Negócios são negócios, respondem outros. Veremos no que isto vai dar.

Onde também a estas horas se está a falar muito de negócios é na máphia. Talvez que por ter sido excessivamente minuciosa, admitimo-lo sem reserva, a descrição feita nestas páginas dos negros túneis por onde a organização criminosa penetrou na exploração funerária poderá ter levado algum leitor a pensar que mísera máphia era esta se não tinha outras maneiras de ganhar dinheiro com muito menor esforço e mais pingues proventos. Tinha-as, e variadas, como qualquer das suas congéneres espalhadas pelas sete partidas do mundo, porém, habilíssima em equilíbrios e mútuas potenciações das tácticas e das estratégias, a máphia local não se limitava a apostar prosaicamente no lucro imediato, os seus objectivos eram muito mais vastos, visavam nada menos que a eternidade, ou seja, implantar, com a derivação tácita das famílias para a bondade da eutanásia e com as bênçãos do poder político, que fingiria olhar para outro lado, o monopólio absoluto das mortes e dos enterramentos dos seres humanos, assumindo no mesmo passo a responsabilidade de manter a demografia nos níveis em cada momento mais convenientes para o país, abrindo ou fechando a torneira, conforme a imagem já antes usada, ou, para empregar uma expressão com mais rigor técnico, controlando o fluxómetro. Se não poderia, ao menos nesta primeira fase, espevitar ou ralear a procriação, ao menos estaria na sua mão acelerar ou retardar as viagens à fronteira, não a geográfica, mas a de sempre. No preciso ponto em que entrámos na sala, o debate havia-se centrado na melhor maneira de reaplicar em actividades similarmente remunerativas a força de trabalho que tinha ficado sem ocupação com o regresso da morte, e, sendo certo que as sugestões não faltaram à roda da mesa, mais radicais umas que outras, acabou por preferir-se algo já com largo historial de provas dadas e que não necessitava dispositivos complicados, isto é, a protecção. Logo no dia seguinte, de norte a sul, por todo o país, as agências funerárias viram entrar-lhes pela porta dentro quase sempre dois homens, às vezes um homem e uma mulher, raramente duas mulheres, que perguntavam educadamente pelo gerente, ao qual, depois, com os melhores modos, explicavam que o seu estabelecimento corria o risco de ser assaltado e mesmo destruído, ou à bomba, ou incendiado, por activistas de umas quantas associações ilegais de cidadãos que exigiam a inclusão do direito à eternidade na declaração universal dos direitos humanos e que, agora frustrados, pretendiam desafogar a sua ira fazendo cair sobre inocentes empresas o pesado braço da vingança, só porque eram elas que levavam os cadáveres à última morada. Estamos informados, dizia um dos emissários, de que as acções destrutivas concertadas, que poderão ir, em caso de resistência, até ao assassínio do proprietário e do gerente e suas famílias, e na falta deles um ou dois empregados, começarão amanhã mesmo, talvez neste bairro, talvez noutro, E que posso eu fazer, perguntava tremendo o pobre homem, Nada, o senhor não pode fazer nada, mas nós poderemos defendê-lo se no-lo pedir, Claro que sim, claro que peço, por favor, Há condições a satisfazer, Quaisquer que sejam, por favor, protejam-me, A primeira é que não falará deste assunto a ninguém, nem sequer à sua mulher, Não sou casado, Tanto faz, à sua mãe, à sua avó, à sua tia, A minha boca não se abrirá, Melhor assim, ou então arriscar-se-á a ficar com ela fechada para sempre, E as outras condições, Uma só, pagar o que lhe dissermos, Pagar, Teremos de montar os operativos de protecção, e isso, caro senhor, custa dinheiro, Compreendo, Até poderíamos defender a humanidade inteira se ela estivesse disposta a pagar o preço, no entanto, uma vez que atrás de tempo sempre outro tempo virá, ainda não perdemos a esperança, Estou a perceber, Ainda bem que é de percepção rápida, Quanto deverei pagar, Está apontado nesse papel, Tanto, É o justo, E isto é por ano, ou por mês, Por semana, É demasiado para as minhas posses, com o negócio funerário não se enriquece facilmente, Tem sorte em não lhe pedirmos aquilo que, em sua opinião, a sua vida deverá valer, É natural, não tenho outra, E não a terá, por isso o conselho que lhe damos é que trate de acautelar esta, Vou pensar, precisarei de falar com os meus sócios, Tem vinte e quatro horas, nem mais um minuto, a partir daí lavamos as nossas mãos do assunto, a responsabilidade passa a ser toda sua, se algum acidente vier a suceder-lhe, temos quase a certeza de que, por ser o primeiro, não será mortal, nessa altura talvez voltemos a conversar consigo, mas o preço dobrará, e então não terá outra solução que pagar o que lhe pedirmos, não imagina como são implacáveis essas associações de cidadãos que reivindicam a eternidade, Muito bem, pago, Quatro semanas adiantadas, por favor, Quatro semanas, O seu caso é dos urgentes, e, como já lhe tínhamos dito antes, custa dinheiro montar os operativos de protecção, Em numerário, em cheque, Numerário, cheques só para transacções doutro tipo e doutros montantes, quando não convém que os dinheiros passem directamente de uma mão a outra. O gerente foi abrir o cofre, contou as notas e perguntou enquanto as entregava, Dão-me um recibo, um documento que me garanta a protecção, Nem recibo, nem garantia, terá de contentar-se com a nossa palavra de honra, De honra, Exactamente, de honra, não imagina até que ponto honramos a nossa palavra, Onde poderei encontrá-los se tiver algum problema, Não se preocupe, nós o encontraremos a si, Acompanho-os à saída, Não vale a pena levantar-se, já conhecemos o caminho, virar à esquerda depois do armazém de ataúdes, sala de maquilhagem, corredor, recepção, a porta da rua é logo ali, Não se perderão, Temos um sentido de orientação muito apurado, nunca nos perdemos, por exemplo, na quinta semana depois desta virá alguém aqui para fazer a cobrança, Como saberei se se trata da pessoa própria, Não terá nenhuma dúvida quando a vir, Boas tardes, Boas tardes, não tem nada que nos agradecer.

Finalmente, last but not least, a igreja católica, apostólica e romana tinha muitos motivos para estar satisfeita consigo mesma. Convencida desde o princípio de que a abolição da morte só poderia ter sido obra do diabo e de que para ajudar a deus contra as obras do demo nada é mais poderoso que a perseverança na prece, tinha posto de lado a virtude da modéstia que com não pequeno esforço e sacrifício ordinariamente cultivava, para passar a felicitar-se, sem reservas, pelo êxito da campanha nacional de orações cujo objectivo, recordemo-lo, fora rogar ao senhor deus que providenciasse o regresso da morte o mais rapidamente possível para poupar a pobre humanidade aos piores horrores, fim de citação. As preces haviam demorado quase oito meses a chegar ao céu, mas há que pensar que só para atingir o planeta marte precisamos de seis, e o céu, como é fácil de imaginar, deverá estar muito mais para lá, treze mil milhões de anos-luz de distância da terra, números redondos. Na legítima satisfação da igreja havia, porém, uma sombra negra. Discutiam os teólogos, e não se punham de acordo, sobre as razões que teriam levado deus a mandar regressar subitamente a morte, sem ao menos dar tempo para levar a extrema--unção aos sessenta e dois mil moribundos que, privados da graça do último sacramento, haviam expirado em menos tempo do que leva a dizê-lo. A dúvida de que deus teria autoridade sobre a morte ou se, pelo contrário, a morte seria o superior hierárquico de deus, torturava em surdina as mentes e os corações do santo instituto, onde aquela ousada afirmação de que deus e a morte eram as duas caras da mesma moeda passara a ser considerada, mais do que heresia, abominável sacrilégio. Isto era o que se vivia por dentro. À vista de toda a gente o que preocupava realmente a igreja era a sua participação no funeral da rainha-mãe. Agora que os sessenta e dois mil mortos comuns já descansavam nas suas últimas moradas e não atrapalhavam o trânsito na cidade, era tempo de levar a veneranda senhora, convenientemente encerrada no seu caixão de chumbo, ao panteão real. Como os jornais não se esqueceriam de escrever, virava-se uma página da história.

É possível que só uma educação esmerada, daquelas que já se vêm tornando raras, a par, talvez, do respeito mais ou menos supersticioso que nas almas timoratas a palavra escrita costuma infundir, tenha levado os leitores, embora motivos não lhes faltassem para manifestar explícitos sinais de mal contida impaciência, a não interromperem o que tão profusamente viemos relatando e a quererem que se lhes diga o que é que, entretanto, a morte andou a fazer desde a noite fatal em que anunciou o seu regresso. Dado o papel importante que desempenharam nestes nunca vistos sucessos, bem está que tivéssemos explicado com abundância de pormenores como responderam à súbita e dramática mudança de situação os lares do feliz ocaso, os hospitais, as companhias de seguros, a máphia e a igreja católica, porém, a não ser que a morte, levando em conta a enorme quantidade de defuntos que era preciso enterrar nas horas imediatas, houvesse decidido, num inesperado e louvável gesto de simpatia, prolongar a sua ausência por mais alguns dias a fim de dar tempo a que a vida tornasse a girar nos antigos eixos, outra gente falecida de fresca data, isto é, logo nos primeiros dias da restauração do regime, teria por força de vir juntar-se aos infelizes que durante meses haviam malvivido entre cá e lá, e desses novos mortos, como imporia a lógica, deveríamos ter que falar. No entanto, não sucedeu tal, a morte não foi tão generosa. O motivo da pausa em que durante oito dias ninguém morreu e que começou por criar a falaz ilusão de que afinal nada tivesse mudado, resultava simplesmente das actuais pautas de relacionamento entre a morte e os mortais, ou seja, que todos eles passariam a ser avisados de antemão de que ainda disporiam de uma semana de vida, por assim dizer até ao vencimento da livrança, para resolverem os seus assuntos, fazer testamento, pagar os impostos em atraso e despedir-se da família e dos amigos mais chegados. Em teoria parecia uma boa ideia, mas a prática não tardaria a demonstrar que não o era tanto. Imagine-se uma pessoa, dessas que gozam de uma esplêndida saúde, dessas que nunca tiveram uma dor de cabeça, optimistas por princípio e por claras e objectivas razões, e que, uma manhã, saindo de casa para o trabalho, encontra na rua o prestimoso carteiro da sua área, que lhe diz, Ainda bem que o vejo, senhor fulano, trago aqui uma carta para si, e imediatamente vê aparecer nas mãos dele um sobrescrito de cor violeta a que talvez ainda não desse especial atenção, porquanto poderia tratar-se de mais uma impertinência dos senhores da publicidade directa, se não fosse a estranha caligrafia com que o seu nome está nele escrito, igualzinha à do famoso fac simile publicado no jornal. Se o coração lhe der nesse instante um salto de susto, se o invadir o pressentimento lúgubre de uma desgraça sem remédio, e quiser, por isso, negar-se a receber a carta, não o conseguirá, será então como se alguém, segurando-o suavemente pelo cotovelo, o estivesse ajudando a descer o degrau, a evitar a casca de banana no chão, a fazê-lo virar a esquina sem tropeçar nos próprios pés. Também não valerá a pena tentar rasgá-la em pedaços, já se sabe que as cartas da morte são por definição indestrutíveis, nem um maçarico de acetileno funcionando à máxima força seria capaz de entrar com elas, e o ardil ingénuo de fingir que se lhe caiu da mão seria igualmente inútil porque a carta não se deixa soltar, fica como pegada aos dedos, e, se, por um milagre, o contrário pudesse suceder, é certo e sabido que logo apareceria um cidadão de boa vontade a recolhê-la e a correr atrás do falso distraído para lhe dizer, Creio que esta carta lhe pertence, talvez seja importante, e ele teria de responder melancolicamente, É, sim, é importante, muito obrigado pelo seu cuidado. Mas isto só poderia ter acontecido ao princípio, quando ainda poucos sabiam que a morte estava a utilizar o serviço postal público para mensageiro das suas fúnebres notificações. Em poucos dias a cor violeta iria tornar-se na mais execrada de todas as cores, mais ainda que o negro apesar de este significar luto, o que é facilmente compreensível se pensarmos que o luto o põem os vivos, e não os mortos, mesmo quando a estes os enterram com o fato preto posto. Imagine-se a perturbação, o desconcerto, a perplexidade daquele que ia para o seu trabalho e viu de repente saltar-lhe ao caminho a morte na figura de um carteiro que nunca tocará duas vezes, a este bastar-lhe-á, se o acaso não o fez encontrar o destinatário na rua, meter a carta na caixa do inquilino em questão ou introduzi-la, deslizando, por baixo da porta. O homem está ali parado, no meio do passeio, com a sua estupenda saúde, a sua sólida cabeça, tão sólida que nem mesmo agora lhe dói apesar do terrível choque, de repente o mundo deixou de lhe pertencer ou ele de pertencer ao mundo, passaram a estar emprestados um ao outro por oito dias, não mais que oito dias, di-lo esta carta de cor violeta que resignadamente acaba de abrir, os olhos nublados de lágrimas mal conseguem decifrar o que nela está escrito, Caro senhor, lamento comunicar-lhe que a sua vida terminará no prazo irrevogável e improrrogável de uma semana, aproveite o melhor que puder o tempo que lhe resta, sua atenta servidora, morte. A assinatura vem com inicial minúscula, o que, como sabemos, representa, de alguma forma, o seu certificado de origem. Duvida o homem, senhor fulano lhe chamou o carteiro, portanto é do sexo masculino, e logo o confirmámos nós próprios, duvida o homem se deverá voltar para casa e desabafar com a família a irremediável pena, ou se, pelo contrário, terá de engolir as lágrimas e prosseguir o seu caminho, ir aonde o trabalho o espera, cumprir todos os dias que lhe restam, então poderá perguntar

Morte onde esteve a tua vitória, sabendo no entanto que não receberá resposta, porque a morte nunca responde, e não é porque não queira, é só porque não sabe o que há-de dizer diante da maior dor humana.

Este episódio de rua, unicamente possível num país pequeno onde toda a gente se conhece, é por de mais eloquente quanto aos inconvenientes do sistema de comunicação instituído pela morte para a rescisão do contrato temporário a que chamamos vida ou existência. Poderia tratar-se de uma sádica manifestação de crueldade, como tantas que vemos todos os dias, mas a morte não tem qualquer necessidade de ser cruel, a ela, tirar a vida às pessoas basta-lhe e sobeja-lhe. Não pensou, é o que é. E agora, absorvida como deverá estar na reorganização dos seus serviços de apoio depois da longa paragem de sete meses, não tem olhos nem ouvidos para os clamores de desespero e angústia dos homens e das mulheres que, um a um, vão sendo avisados da sua morte próxima, desespero e angústia que, em alguns casos, estão a causar efeitos precisamente contrários àqueles que tinham sido previstos, isto é, as pessoas condenadas a desaparecer não resolvem os seus assuntos, não fazem testamento, não pagam os impostos em dívida, e, quanto às despedidas da família e dos amigos mais chegados, deixam-nas para o último minuto, o que, como é evidente, não vai dar nem para o mais melancólico dos adeuses. Mal informados sobre a natureza profunda da morte, cujo outro nome é fatalidade, os jornais têm-se excedido em furiosos ataques contra ela, acusando-a de impiedosa, cruel, tirana, malvada, sanguinária, vampira, imperatriz do mal, drácula de saias, inimiga do género humano, desleal, assassina, traidora, serial killer outra vez, e houve até um semanário, dos humorísticos, que, espremendo o mais que pôde o espírito sarcástico dos seus criativos, conseguiu chamar-lhe filha-da-puta. Felizmente, o bom senso ainda perdura em algumas redacções. Um dos jornais mais respeitáveis do reino, decano da imprensa nacional, publicou um sisudo editorial em que apelava a um diálogo aberto e sincero com a morte, sem reservas mentais, de coração nas mãos e espírito fraterno, no caso, como era óbvio, de se conseguir descobrir onde ela se alojava, o seu fojo, o seu covil, o seu quartel-general. Um outro jornal sugeriu às autoridades policiais que investigassem nas papelarias e fábricas de papel, porquanto os consumidores humanos de sobrescritos de cor violeta, se os houvera, e pouquíssimos seriam, deveriam de ter mudado de gosto epistolar à vista dos acontecimentos recentes, sendo portanto facílimo caçar a macabra cliente quando ela se apresentasse a renovar a provisão. Outro jornal, rival acérrimo deste último, apressou-se a classificar a ideia de estupidez crassa, porquanto só a um idiota chapado poderia ocorrer a lembrança de que a morte, um esqueleto embrulhado num lençol como toda a gente sabe, saísse por seu pé, chocalhando os calcâneos nas pedras da calçada, para ir lançar as cartas ao correio. Não querendo ficar atrás da imprensa, a televisão aconselhou o ministério do interior a pôr agentes de guarda aos receptáculos ou marcos postais, esquecida, pelos vistos, de que a primeira carta, aquela que lhe havia sido dirigida, tinha aparecido no gabinete do director-geral estando a porta fechada com duas voltas à chave e as janelas com as vidraças intactas. Tal como o chão, as paredes e o tecto não apresentavam nem sequer uma simples fenda onde uma lâmina de barbear pudesse caber. Talvez fosse realmente possível convencer a morte a tratar com mais compaixão os infelizes condenados, mas para isso era preciso começar por encontrá-la e ninguém sabia como nem onde.

Foi então que a um médico legista, pessoa bem informada sobre tudo quanto, de maneira directa ou indirecta, dissesse respeito à sua profissão, lhe ocorreu a ideia de mandar vir do estrangeiro um famoso especialista em reconstituição de rostos a partir de caveiras, o qual dito especialista, partindo de representações da morte em pinturas e gravuras antigas, sobretudo aquelas que mostram o crânio descoberto, trataria de restituir a carne aonde fazia falta, reencaixaria os olhos nas órbitas, distribuiria em adequadas proporções cabelo, pestanas e sobrancelhas, espalharia nas faces os coloridos próprios, até que diante de si surgisse uma cabeça perfeita e acabada de que se fariam mil cópias fotográficas que outros tantos investigadores levariam na carteira para as compararem com quantas caras de mulher lhes aparecessem pela frente. O mal foi que, concluída a intervenção do especialista estrangeiro, só uma vista pouco treinada admitiria como iguais as três caveiras escolhidas, obrigando portanto a que os investigadores, em lugar de uma fotografia, tivessem de trabalhar com três, o que, obviamente, iria dificultar a tarefa da caça-à-morte como, ambiciosamente, a operação havia sido denominada. Uma única cousa havia ficado demonstrada por cima de qualquer dúvida, a saber, que nem a iconografia mais rudimentar, nem a nomenclatura mais enredada, nem a simbólica mais abstrusa se haviam equivocado. A morte, em todos os seus traços, atributos e características, era, inconfundivelmente, uma mulher. A esta mesma conclusão, como decerto estareis lembrados, já o eminente grafólogo que estudou o primeiro manuscrito da morte havia chegado quando se referiu a uma autora e não a um autor, mas isso talvez tenha sido consequência do simples hábito, dado que, à excepção de alguns idiomas, poucos, em que, não se sabe porquê, se preferiu optar pelo género masculino, ou neutro, a morte sempre foi uma pessoa do sexo feminino. Embora esta informação já tenha sido dada antes, convirá, para que não esqueça, insistir no facto de que os três rostos, sendo todos de mulher, e de mulher jovem, eram diferentes uns dos outros em determinados pontos, não obstante, também, as flagrantes semelhanças que neles unanimemente se reconheciam. Porque, não sendo crível a existência de três mortes distintas, por exemplo, a trabalhar por turnos, duas delas teriam de ser necessariamente excluídas, embora também pudesse acontecer, para complicar mais ainda a situação, que o modelo esquelético da verdadeira e real morte viesse a não corresponder a nenhum dos três que haviam sido seleccionados. De acordo com a frase feita, iria ser o mesmo que disparar um tiro na escuridão e confiar que o benévolo acaso tivesse tempo de colocar o alvo na trajectória da bala.

Iniciou-se a investigação, como doutra maneira não poderia ser, nos arquivos do serviço oficial de identificação onde se reuniam, classificadas e ordenadas por características básicas, dolicocéfalos de um lado, braquicéfalos do outro, as fotografias de todos os habitantes do país, tanto naturais como forâneos. Os resultados foram decepcionantes. Claro está que, em princípio, havendo os modelos escolhidos para a reconstituição facial, tal como antes referimos, sido tomados de gravuras e pinturas antigas, não se esperaria encontrar a imagem humanada da morte em sistemas de identificação modernos, só há pouco mais de um século instituídos, mas, por outro lado, considerando que a mesma morte existe desde sempre e não se vislumbra nenhum motivo para que precisasse de mudar de cara ao longo dos tempos, sem esquecer que deveria ser-lhe difícil realizar o seu trabalho de modo cabal e ao abrigo de suspeitas se vivesse na clandestinidade, é perfeitamente lógico admitir a hipótese de que ela se tivesse inscrito no registo civil sob um nome falso, uma vez que, como temos mais do que obrigação de saber, à morte nada é impossível. Fosse como fosse, o certo é que, apesar de os investigadores terem recorrido aos talentos das artes da informática no cruzamento de dados, nenhuma fotografia de uma mulher concretamente identificada coincidiu com qualquer das três imagens virtuais da morte. Não houve portanto outro remédio, aliás como já havia sido previsto em caso de necessidade, que regressar aos métodos da investigação clássica, ao artesanato policial de cortar e coser, espalhando por todo o país aqueles mil agentes de autoridade que, de casa em casa, de loja em loja, de escritório em escritório, de fábrica em fábrica, de restaurante em restaurante, de bar em bar, e até mesmo em lugares reservados ao exercício oneroso do sexo, passariam revista a todas as mulheres com exclusão das adolescentes e das de idade madura ou provecta, pois as três fotografias que levavam no bolso não deixavam dúvidas de que a morte, se chegasse a ser encontrada, seria uma mulher ao redor dos trinta e seis anos de idade e formosa como poucas. De acordo com o padrão obtido, qualquer delas poderia ser a morte, porém, nenhuma o era em realidade. Depois de ingentes esforços, depois de calcorrearem léguas e léguas por ruas, estradas e caminhos, depois de subirem escadas que todas juntas os levariam ao céu, os agentes lograram identificar duas dessas mulheres, as quais só diferiam dos retratos existentes nos arquivos porque haviam beneficiado de intervenções de cirurgia estética que, por uma assombrosa coincidência, por uma estranha casualidade, haviam acentuado as semelhanças dos seus rostos com os rostos dos modelos reconstituídos. No entanto, um exame minucioso das respectivas biografias eliminou, sem margem de erro, qualquer possibilidade de que algum dia elas se tivessem dedicado, nem que fosse nas horas vagas, às mortíferas actividades da parca, quer profissionalmente, quer como simples amadoras. Quanto à terceira mulher, só identificada graças ao álbum de fotografias da família, essa, tinha falecido no ano passado. Por simples exclusão de partes, não poderia ser a morte quem dela precisamente havia sido vítima. E escusado será dizer que enquanto as investigações decorreram, e duraram elas algumas semanas, os sobrescritos de cor violeta continuaram a chegar a casa dos seus destinatários. Era evidente que a morte não arredara pé do seu compromisso com a humanidade.

Naturalmente haveria que perguntar se o governo se estava limitando a assistir impávido ao drama quotidiano vivido pelos dez milhões de habitantes do país. A resposta é dupla, afirmativa por um lado, negativa por outro. Afirmativa, ainda que só em termos bastante relativos, porque morrer é, afinal de contas, o que há de mais normal e corrente na vida, facto de pura rotina, episódio da interminável herança de pais a filhos, pelo menos desde adão e eva, e muito mal fariam os governos de todo o mundo à precária tranquilidade pública se passassem a decretar três dias de luto nacional de cada vez que morre um mísero velho no asilo de indigentes. E é negativa porque não seria possível, até mesmo a um coração de pedra, permanecer indiferente à demonstração palpável de que a semana de espera estabelecida pela morte havia tomado proporções de verdadeira calamidade colectiva, não só para a média de trezentas pessoas a cuja porta a sorte mofina ia bater diariamente, mas também para a restante gente, nada mais nada menos que nove milhões novecentas e noventa e nove mil e setecentas pessoas de todas as idades, fortunas e condições que viam todas as manhãs, ao acordar de uma noite atormentada pelos mais terríveis pesadelos, a espada de dâmocles suspensa por um fio sobre as suas cabeças. Quanto aos trezentos habitantes que haviam recebido a fatídica carta de cor violeta, as maneiras de reagir à implacável sentença variavam, como é natural, segundo o carácter de cada um. Além daquelas pessoas, já mencionadas antes, que, impelidas por uma ideia distorcida de vingança a que com justa razão se poderia aplicar o neologismo de pré-póstuma, decidiram faltar ao cumprimento dos seus deveres cívicos e familiares, não fazendo testamento nem pagando os impostos em dívida, houve muitas que, pondo em prática uma interpretação mais do que viciosa do carpe diem horaciano, malbarataram o pouco tempo de vida que ainda lhes ficava entregando-se a repreensíveis orgias de sexo, droga e álcool, talvez pensando que, incorrendo em tão desmedidos excessos, poderiam atrair sobre as suas cabeças um colapso fulminante ou, na sua falta, um raio divino que, matando--as ali mesmo, as furtasse às garras da morte propriamente dita, pregando-lhe assim uma partida que talvez lhe servisse de emenda. Outras pessoas, estóicas, dignas, corajosas, optavam pela radicalidade absoluta do suicídio, crendo também que dessa maneira estariam a dar uma lição de civilidade ao poder de tânatos, aquilo a que antigamente chamávamos uma bofetada sem mão, daquelas que, de acordo com as honestas convicções da época, mais dolorosas seriam por terem a sua origem no foro ético e moral e não em qualquer movimento de primário desforço físico. Escusado seria dizer que todas estas tentativas se malograram, à excepção de algumas pessoas obstinadas que reservaram o seu suicídio para o último dia do prazo. Uma jogada de mestre, esta, sim, para a qual a morte não encontrou resposta.

Honra lhe seja feita, a primeira instituição a ter uma percepção muito clara da gravidade da situação anímica do povo em geral foi a igreja católica, apostólica e romana, à qual, uma vez que vivemos num tempo dominado pela hipertrofiada utilização de siglas na comunicação quotidiana, tanto privada como pública, não assentaria mal a abreviatura simplificadora de icar. Também é certo que seria preciso estar cega de todo para não ver como, quase de um momento para outro, se lhe tinham enchido os templos de gente aflita que ia à procura de uma palavra de esperança, de um consolo, de um bálsamo, de um analgésico, de um tranquilizante espiritual. Pessoas que até aí tinham vivido conscientes de que a morte é certa e de que a ela não há meio de escapar, mas pensando ao mesmo tempo que, havendo tanta gente para morrer, só por um grande azar lhes tocaria a vez, passavam agora o tempo a espreitar por trás da cortina da janela a ver se vinha o carteiro ou tremendo de ter de voltar a casa, onde a temível carta de cor violeta, pior que um sanguinário monstro de fauces escancaradas, poderia estar atrás da porta para lhes saltar em cima. Nas igrejas não se parava um momento, as extensas filas de pecadores contritos, constantemente refrescadas como se fossem linhas de montagem, davam duas voltas à nave central. Os confessores de serviço não baixavam os braços, às vezes distraídos pela fadiga, outras vezes com a atenção de súbito espevitada por um pormenor escandaloso do relato, no fim aplicavam uma penitência pro forma, tantos pai-nossos, tantas ave-marias, e despachavam uma apressada absolvição. No breve intervalo entre o confessado que se retirava e o confitente que se ajoelhava, davam uma dentada na sanduíche de frango que seria todo o seu almoço, enquanto vagamente imaginavam compensações para o jantar. Os sermões versavam invariavelmente sobre o tema da morte como porta única para o paraíso celeste, onde, dizia-se, nunca ninguém entrou estando vivo, e os pregadores, no seu afã consolador, não duvidavam em recorrer a todos os métodos da mais alta retórica e a todos os truques da mais baixa catequese para convencerem os aterrados fregueses de que, no fim de contas, se podiam considerar mais afortunados que os seus ancestres, uma vez que a morte lhes havia concedido tempo suficiente para prepararem as almas com vista à ascensão ao éden. Alguns padres houve, porém, que, encerrados na malcheirosa penumbra do confessionário, tiveram que fazer das tripas coração, sabe deus com que custo, porque também eles, nessa manhã, haviam recebido o sobrescrito de cor violeta e por isso tinham sobra de razões para duvidarem das virtudes lenitivas do que naquele momento estavam a dizer.

O mesmo se passava com os terapeutas da mente que o ministério da saúde, correndo a imitar as providências terapêuticas da igreja, tinha enviado para auxílio dos mais desesperados. É que não foram poucas as vezes que um psicólogo, no preciso momento em que aconselhava o paciente a deixar sair as lágrimas como sendo a melhor maneira de aliviar a dor que o atormentava, se desfazia em convulsivo choro ao lembrar-se de que também ele poderia ser o destinatário de um sobrescrito idêntico na primeira distribuição postal de amanhã. Acabavam os dois a sessão em desabalado pranto, abraçados pela mesma desgraça, mas pensando o terapeuta da mente que se lhe viesse a suceder uma infelicidade, ainda teria oito dias, cento e noventa e duas horas para viver. Umas orgiazinhas de sexo, droga e álcool, como tinha ouvido dizer que se organizavam, ajudá-lo-iam a passar para o outro mundo, embora correndo o risco de que, lá no assento etéreo onde subiste, se te venham a agravar as saudades deste.

Diz-se, di-lo a sabedoria das nações, que não há regra sem excepção, e realmente assim deverá ser, porquanto até mesmo no caso de regras que todos consideraríamos maximamente inexpugnáveis como são, por exemplo, as da morte soberana, em que, por simples definição do conceito, seria inadmissível que se pudesse apresentar qualquer absurda excepção, aconteceu que uma carta de cor violeta foi devolvida à procedência. Objectar-se-á que semelhante cousa não é possível, que a morte, precisamente por estar em toda a parte, não pode estar em nenhuma em particular, daqui decorrendo, portanto, neste caso, a impossibilidade, tanto material como metafísica, de situar e definir o que costumamos entender por procedência, ou seja, na acepção que aqui nos interessa, o lugar de onde veio. Igualmente se objectará, embora com menos pretensão especulativa, que, tendo mil agentes da polícia procurado a morte durante semanas, passando o país inteiro, casa por casa, a pente fino, como se de um piolho esquivo e hábil nas fintas se tratasse, e não a tendo visto nem cheirado, é óbvio que se até ao momento em que estamos não nos foi dada nenhuma explicação de como as cartas da morte vão para o correio, menos ainda se nos dirá por que misteriosos canais agora lhe chegou às mãos a carta devolvida. Reconhecemos humildemente que têm faltado explicações, estas e decerto muitas mais, confessamos que não estamos em condições de as dar a contento de quem no-las requer, salvo se, abusando da credulidade do leitor e saltando por cima do respeito que se deve à lógica dos sucessos, juntássemos novas irrealidades à congénita irrealidade da fábula, compreendemos sem custo que tais faltas prejudicam seriamente a sua credibilidade, porém, nada disto significa, repetimos, nada disto significa que a carta de cor violeta a que nos referimos não tenha sido efectivamente devolvida ao remetente. Factos são factos, e este, quer se queira, quer não, pertence à ordem dos incontornáveis. Não pode haver melhor prova dele que a imagem da própria morte que temos diante dos olhos, sentada numa cadeira e embrulhada no seu lençol, e tendo na orografia da sua óssea cara um ar de total desconcerto. Olha desconfiada o sobrescrito violeta, dá-lhe voltas para ver se nele encontra alguma das anotações que os carteiros devem escrever em casos semelhantes, como sejam, recusado, mudou de residência, ausente em parte incerta e por tempo indeterminado, falecido, Que estupidez a minha, murmurou, como poderia ter falecido ele se a carta que o devia matar voltou para trás. Tinha pensado as últimas palavras sem lhes dar maior atenção, mas imediatamente as recuperou para repeti-las em voz alta, com expressão sonhadora, Voltou para trás. Não é necessário ser-se carteiro para saber que voltar para trás não é o mesmo que ser devolvido, que voltar para trás poderá estar a dizer unicamente que a carta de cor violeta não chegou ao seu destino, que num ponto qualquer do percurso algo lhe aconteceu que a fez desandar o caminho, voltar para donde tinha vindo. Ora, as cartas só podem ir aonde as levam, não têm pernas nem asas, e, tanto quanto se sabe, não foram dotadas de iniciativa própria, tivessem-na elas e apostamos que se recusariam a levar as notícias terríveis de que tantas vezes têm de ser portadoras. Como esta minha, admitiu a morte com imparcialidade, informar alguém de que vai morrer numa data precisa é a pior das notícias, é como estar no corredor da morte há uma quantidade de anos e de repente vem o carcereiro e diz, Aqui tens a carta, prepara-te. O curioso do assunto é que todas as restantes cartas da última expedição foram entregues aos seus destinatários, e se esta o não foi, só poderá ter sido por qualquer fortuita casualidade, pois assim como tem havido casos de uma missiva de amor ter levado, só deus sabe com que consequências, cinco anos a chegar a um destinatário que residia a dois quarteirões de distância, menos de um quarto de hora andando, também poderia suceder que esta tivesse passado de uma cinta transportadora a outra sem que ninguém se apercebesse e depois regressasse ao ponto de partida como quem, tendo-se perdido no deserto, não tem nada mais em que confiar que o rasto deixado atrás de si. A solução será enviá-la outra vez, disse a morte à gadanha que estava ao lado, encostada à parede branca. Não se espera que uma gadanha responda, e esta não fugiu à norma. A morte prosseguiu, Se te tivesse mandado a ti, com esse teu gosto pelos métodos expeditivos, a questão já estaria resolvida, mas os tempos mudaram muito ultimamente, há que actualizar os meios e os sistemas, pôr-se a par das novas tecnologias, por exemplo, utilizar o correio electrónico, tenho ouvido dizer que é o que há de mais higiénico, que não deixa cair borrões nem mancha os dedos, além disso é rápido, no mesmo instante em que a pessoa abre o outlook express da microsoft já está filada, o inconveniente seria obrigar-me a trabalhar com dois arquivos separados, o daqueles que utilizam computador e o dos que não o utilizam, de qualquer maneira temos muito tempo para decidir, estão sempre a aparecer novos modelos, novos designs, tecnologias cada vez mais aperfeiçoadas, talvez um dia me resolva a experimentar, até lá continuarei a escrever com caneta, papel e tinta, tem o charme da tradição, e a tradição pesa muito nisto de morrer. A morte olhou fixamente o sobrescrito de cor violeta, fez um gesto com a mão direita, e a carta desapareceu. Ficámos assim a saber que, contrariamente ao que tantos criam, a morte não leva as cartas ao correio.

Sobre a mesa há uma lista de duzentos e noventa e oito nomes, algo menos que a média do costume, cento e cinquenta e dois homens e cento e quarenta e seis mulheres, um número igual de sobrescritos e de folhas de papel de cor violeta destinados à próxima operação postal, ou falecimento-pelo-correio. A morte acrescentou à lista o nome da pessoa a quem se dirigia a carta que tinha regressado à procedência, sublinhou as palavras e pousou a caneta no porta-penas. Se tivesse nervos, poderíamos dizer que se encontra ligeiramente excitada, e não sem motivo. Havia vivido demasiado para considerar a devolução da carta como um episódio sem importância. Compreende-se facilmente, um pouco de imaginação bastará, que o posto de trabalho da morte seja porventura o mais monótono de todos quantos foram criados desde que, por exclusiva culpa de deus, caim matou a abel. Depois de tão deplorável acontecimento, que logo no princípio do mundo veio mostrar como é difícil viver em família, e até aos nossos dias, a cousa tinha vindo por aí fora, séculos, séculos e mais séculos, repetitiva, sem pausa, sem interrupções, sem soluções de continuidade, diferente nas múltiplas formas de passar da vida à não-vida, mas no fundo sempre igual a si mesma porque sempre igual foi também o resultado. Na verdade, nunca se viu que não morresse quem tivesse de morrer. E agora, insolitamente, um aviso assinado pela morte, de seu próprio punho e letra, um aviso em que se anunciava o irrevogável e improrrogável fim de uma pessoa, tinha sido devolvido à origem, a esta sala fria onde a autora e signatária da carta, sentada, envolta na melancólica mortalha que é seu uniforme histórico, com o capuz pela cabeça, medita no sucedido enquanto os ossos dos seus dedos, ou os seus dedos de ossos, tamborilam sobre o tampo da mesa. Surpreende-se um pouco a desejar que a carta outra vez enviada lhe venha novamente devolvida, que o sobrescrito traga, por exemplo, a indicação de ausente em parte incerta, porque isso, sim, seria uma absoluta surpresa para quem sempre conseguiu descobrir onde nos havíamos escondido, se dessa infantil maneira alguma vez julgámos poder escapar-lhe. Não crê, porém, que a suposta ausência lhe apareça anotada no reverso do sobrescrito, aqui os arquivos vão-se actualizando automaticamente a cada gesto e movimento que fazemos, a cada passo que damos, mudança de casa, de estado, de profissão, de hábitos e costumes, se fumamos ou não fumamos, se comemos muito, ou pouco, ou nada, se somos activos ou indolentes, se temos dor de cabeça ou azia de estômago, se sofremos de prisão de ventre ou diarreia, se nos cai o cabelo ou nos tocou o cancro, se sim, se não, se talvez, bastará abrir o gavetão do ficheiro alfabético, procurar o correspondente verbete, e lá está tudo. E não nos admiremos se, no preciso instante em que estivéssemos a ler o nosso cadastro particular, nos aparecesse instantaneamente registado o choque da angústia que de súbito nos petrificou. A morte conhece tudo a nosso respeito, e talvez por isso seja triste. Se é certo que nunca sorri, é só porque lhe faltam os lábios, e esta lição anatómica nos diz que, ao contrário do que os vivos julgam, o sorriso não é uma questão de dentes. Há quem diga, com humor menos macabro que de mau gosto, que ela leva afivelada uma espécie de sorriso permanente, mas isso não é verdade, o que ela traz à vista é um esgar de sofrimento, porque a recordação do tempo em que tinha boca, e a boca língua, e a língua saliva, a persegue continuamente. Com um breve suspiro, puxou para si uma folha de papel e começou a escrever a primeira carta deste dia, Cara senhora, lamento comunicar-lhe que a sua vida terminará no prazo irrevogável e improrrogável de uma semana, desejo-lhe que aproveite o melhor que puder o tempo que lhe resta, sua atenta servidora, morte. Duzentas e noventa e oito folhas, duzentos e noventa e oito sobrescritos, duzentas e noventa e oito descargas na lista, não se poderá dizer que um trabalho destes seja de matar, mas a verdade é que a morte chegou ao fim exausta. Com o gesto da mão direita que já lhe conhecemos fez desaparecer as duzentas e noventa e oito cartas, depois, cruzando sobre a mesa os magros braços, deixou descair a cabeça sobre eles, não para dormir, porque morte não dorme, mas para descansar. Quando meia hora mais tarde, já refeita da fadiga, a levantou, a carta que havia sido devolvida à procedência e outra vez enviada, estava novamente ali, diante das suas órbitas atónitas e vazias.

Se a morte havia sonhado com a esperança de alguma surpresa que a viesse distrair dos aborrecimentos da rotina, estava servida. Aqui a tinha, e das melhores. A primeira devolução poderia ter sido resultado de um simples acidente de percurso, um rodízio fora do eixo, um problema de lubrificação, uma carta azul-celeste que tinha pressa de chegar e se havia metido adiante, enfim, uma dessas cousas inesperadas que se passam no interior das máquinas que, tal como sucede com o corpo humano, deitam a perder os cálculos mais exactos. Já o caso da segunda devolução era diferente, mostrava com toda a clareza que havia um obstáculo em qualquer ponto do caminho que a deveria ter levado à morada do destinatário e que, ao chocar contra ele, a carta fazia ricochete e voltava para trás. No primeiro caso, dado que o retorno se havia verificado no dia seguinte ao do envio, ainda se podia considerar a hipótese de que o carteiro, não tendo encontrado a pessoa a quem a carta deveria ser entregue, em lugar de a meter na caixa do correio ou debaixo da porta, a fizera regressar ao remetente esquecendo-se de mencionar o motivo da devolução. Seriam demasiados condicionais, mas poderia ser uma boa explicação para o sucedido. Agora o caso mudara de figura. Entre ir e vir, a carta não havia demorado mais que meia hora, provavelmente muito menos, dado que já se encontrava em cima da mesa quando a morte levantou a cabeça do duro amparo dos antebraços, isto é, do cúbito e do rádio, que para isso mesmo é que são entrelaçados. Uma força alheia, misteriosa, incompreensível, parecia opor-se à morte da pessoa, apesar de a data da sua defunção estar fixada, como para toda a gente, desde o próprio dia do nascimento. É impossível, disse a morte à gadanha silenciosa, ninguém no mundo ou fora dele teve alguma vez mais poder do que eu, eu sou a morte, o resto é nada. Levantou-se da cadeira e foi ao ficheiro, donde voltou com o verbete suspeito. Não havia qualquer dúvida, o nome conferia com o do sobrescrito, a morada também, a profissão era a de violoncelista, o estado civil em branco, sinal de que não era casado, nem viúvo, nem divorciado, porque nos ficheiros da morte nunca consta o estado de solteiro, baste pensar-se no estúpido que seria nascer uma criança, fazer-se-lhe a ficha e escrever, não a profissão, porque ela ainda não saberá qual vai ser a sua vocação, mas que o estado civil do recém-nascido é o de solteiro. Quanto à idade inscrita no verbete que a morte tem na mão, vê-se que o violoncelista tem quarenta e nove anos. Ora, se ainda é necessária uma prova do funcionamento impecável dos arquivos da morte, agora mesmo a vamos ter, quando, numa décima de segundo, ou ainda menos, perante os nossos olhos incrédulos, o número quarenta e nove for substituído por cinquenta. Hoje é o dia do aniversário do violoncelista titular do verbete, flores lhe deveriam ter sido enviadas em vez de um anúncio de falecimento daqui a oito dias. A morte levantou-se novamente, deu umas quantas voltas à sala, por duas vezes parou onde se encontrava a gadanha, abriu a boca como para falar com ela, pedir-lhe uma opinião, dar-lhe uma ordem, ou simplesmente dizer que se sentia confusa, desconcertada, o que, recordemo-lo, não é nada de estranhar se pensarmos no tempo que já leva neste ofício sem haver sofrido, até hoje, a menor falta de respeito do rebanho humano de que é soberana pastora. Foi neste momento que a morte teve o funesto pressentimento de que o acidente poderia ter sido ainda mais grave do que primeiramente lhe havia parecido. Sentou-se à mesa e começou a consultar de diante para trás as listas mortuórias dos últimos oito dias. Logo na primeira relação de nomes, a de ontem, e ao contrário do que esperava, viu que não constava o do violoncelista. Continuou a folhear, uma, outra, outra, mais outra, mais outra ainda, e só na oitava lista, enfim, o foi encontrar. Erradamente havia pensado que o nome deveria estar na lista de ontem, e agora via-se perante o escândalo inaudito de que alguém que já deveria estar morto há dois dias continuava vivo. E isso não era o principal. O diabo do violoncelista, que desde que tinha nascido estava assinalado para morrer novo, com apenas quarenta e nove primaveras, acabara de perfazer descaradamente os cinquenta, desacreditando assim o destino, a fatalidade, a sorte, o horóscopo, o fado e todas as demais potências que se dedicam a contrariar por todos os meios dignos e indignos a nossa humaníssima vontade de viver. Era realmente um descrédito total. E agora como vou eu rectificar um desvio que não podia ter sucedido, se um caso assim não tem precedentes, se nada de semelhante está previsto nos regulamentos, perguntava-se a morte, sobretudo porque era com quarenta e nove anos que ele deveria ter morrido e não com os cinquenta que já tem. Via-se que a pobre morte estava perplexa, desconcertada, que pouco lhe faltava para começar a dar com a cabeça nas paredes de pura aflição. Em tantos milhares de séculos de contínua actividade nunca havia tido uma falha operacional, e agora, precisamente quando tinha introduzido algo de novo na relação clássica dos mortais com a sua autêntica e única causa mortis, eis que a sua reputação, tão trabalhosamente conquistada, acabava de sofrer o mais duro dos golpes. Que fazer, perguntou, imaginemos que o facto de ele não ter morrido quando devia o colocou fora da minha alçada, como vou eu descalçar esta bota. Olhou a gadanha, companheira de tantas aventuras e massacres, mas ela fez-se desentendida, nunca respondia, e agora, de todo ausente, como se se tivesse enjoado do mundo, descansava a lâmina desgastada e ferrugenta contra a parede branca. Foi então que a morte deu à luz a sua grande ideia, Costuma-se dizer que não há uma sem duas, nem duas sem três, e que às três é de vez porque foi a conta que deus fez, vejamos se realmente é como dizem. Fez o gesto de despedida com a mão direita e a carta duas vezes devolvida tornou a desaparecer. Nem dois minutos andou por fora. Ali estava, no mesmo lugar que antes. O carteiro não a metera debaixo da porta, não tocara a campainha, mas ela ali estava.

Evidentemente não há que ter pena da morte. Inúmeras e justificadas têm sido as nossas queixas para que nos deixemos cair agora em sentimentos de piedade que em nenhum momento do passado ela teve a delicadeza de nos manifestar, não obstante saber melhor que ninguém quanto nos contrariava a obstinação com que sempre, custasse o que custasse, levou a sua avante. No entanto, ao menos por um breve momento, o que temos diante dos olhos mais se assemelha à estátua da desolação do que à figura sinistra que, segundo deixaram dito alguns moribundos de vista penetrante, se apresenta aos pés das nossas camas na hora derradeira para nos fazer um sinal semelhante ao que envia as cartas, mas ao contrário, isto é, o sinal não diz vai para lá, diz vem para cá. Por qualquer estranho fenómeno óptico, real ou virtual, a morte parece agora muito mais pequena, como se a ossatura se lhe tivesse encolhido, ou então foi sempre assim e são os nossos olhos, arregalados de medo, que fazem dela uma giganta. Coitada da morte. Dá-nos vontade de lhe ir pôr uma mão no seu duro ombro, dizer-lhe ao ouvido, ou melhor, ao sítio onde o tinha, por baixo do parietal, algumas palavras de simpatia, Não se rale, senhora morte, são cousas que estão sempre a suceder, nós aqui, os seres humanos, por exemplo, temos grande experiência em desânimos, malogros e frustrações, e olhe que nem por isso baixámos os braços, lembre-se dos tempos antigos quando a senhora nos arrebatava sem dó nem piedade na flor da juventude, pense neste tempo de agora em que, com idêntica dureza de coração, continua a fazer o mesmo à gente mais carecida de tudo quanto é necessário à vida, provavelmente temos andado a ver quem se cansava primeiro, se a senhora ou nós, compreendo o seu desgosto, a primeira derrota é a que mais custa, depois habituamo-nos, em todo o caso não leve a mal que lhe diga oxalá não seja a última, e não é por espírito de vingança, que bem pobre vingança seria ela, seria assim como deitar a língua de fora ao carrasco que nos vai cortar a cabeça, a falar verdade, nós, os humanos, não podemos fazer muito mais que deitar a língua de fora ao carrasco que nos vai cortar a cabeça, deve ser por isso que sinto uma enorme curiosidade em saber como irá sair da embrulhada em que a meteram, com essa história da carta que vai e vem e desse violoncelista que não poderá morrer aos quarenta e nove anos porque já cumpriu os cinquenta. A morte fez um gesto impaciente, sacudiu secamente do ombro a mão fraternal que ali tínhamos pousado e levantou-se da cadeira. Agora parecia mais alta, com mais corpo, uma senhora morte como se quer, capaz de fazer tremer o chão debaixo dos pés, com a mortalha a arrastar levantando fumo a cada passo. A morte está zangada. É a altura de lhe deitarmos a língua de fora.

Salvo alguns raros casos, como os daqueles citados moribundos de olhar penetrante que a enxergaram aos pés da cama com o aspecto clássico de um fantasma envolto em panos brancos ou, como a proust parece ter sucedido, na figura de uma mulher gorda vestida de preto, a morte é discreta, prefere que não se dê pela sua presença, especialmente se as circunstâncias a obrigam a sair à rua. Em geral crê-se que a morte, sendo, como gostam de afirmar alguns, a cara de uma moeda de que deus, no outro lado, é a cruz, será, como ele, por sua própria natureza, invisível. Não é bem assim. Somos testemunhas fidedignas de que a morte é um esqueleto embrulhado num lençol, mora numa sala fria em companhia de uma velha e ferrugenta gadanha que não responde a perguntas, rodeada de paredes caiadas ao longo das quais se arrumam, entre teias de aranha, umas quantas dúzias de ficheiros com grandes gavetões recheados de verbetes. Compreende-se portanto que a morte não queira aparecer às pessoas naquele preparo, em primeiro lugar por razões de estética pessoal, em segundo lugar para que os infelizes transeuntes não se finem de susto ao darem de frente com aquelas grandes órbitas vazias no virar de uma esquina. Em público, sim, a morte torna-se invisível, mas não em privado, como o puderam comprovar, no momento crítico, o escritor marcel proust e os moribundos de vista penetrante. Já o caso de deus é diferente. Por muito que se esforçasse nunca conseguiria tornar-se visível aos olhos humanos, e não é porque não fosse capaz, uma vez que a ele nada é impossível, é simplesmente porque não saberia que cara pôr para se apresentar aos seres que se supõe ter criado, sendo o mais provável que não os reconhecesse, ou então, talvez ainda pior, que não o reconhecessem eles a ele. Há também quem diga que, para nós, é uma grande sorte que deus não queira aparecer-nos por aí, porque o pavor que temos da morte seria como uma brincadeira de crianças ao lado do susto que apanharíamos se tal acontecesse. Enfim, de deus e da morte não se têm contado senão histórias, e esta não é mais que uma delas.

Temos portanto que a morte decidiu ir à cidade. Despiu o lençol, que era toda a roupa que levava em cima, dobrou-o cuidadosamente e pendurou-o nas costas da cadeira onde a temos visto sentar-se. Exceptuando esta cadeira e a mesa, exceptuando também os ficheiros e a gadanha, não há nada mais na sala, salvo aquela porta estreita que não sabemos para onde vai dar. Sendo aparentemente a única saída, seria lógico pensar que por ali é que a morte irá à cidade, porém não será assim. Sem o lençol, a morte perdeu outra vez altura, terá, quando muito, em medidas humanas, um metro e sessenta e seis ou sessenta e sete, e, estando nua, sem um fio de roupa em cima, ainda mais pequena nos parece, quase um esqueletozinho de adolescente. Ninguém diria que esta é a mesma morte que com tanta violência nos sacudiu a mão do ombro quando, movidos de uma imerecida piedade, a pretendemos consolar do seu desgosto. Realmente, não há nada no mundo mais nu que um esqueleto. Em vida, anda duplamente vestido, primeiro pela carne com que se tapa, depois, se as não tirou para banhar-se ou para actividades mais deleitosas, pelas roupas com que a dita carne gosta de cobrir-se. Reduzido ao que em realidade é, o travejamento meio desconjuntado de alguém que há muito tempo tinha deixado de existir, não lhe falta mais que desaparecer. E isso é justamente o que lhe está a acontecer, da cabeça aos pés. Perante os nossos atónitos olhos os ossos estão a perder a consistência e a dureza, a pouco e pouco vão-se-lhes esbatendo os contornos, o que era sólido torna-se gasoso, espalha-se em todos os sentidos como uma neblina ténue, é como se o esqueleto estivesse a evaporar-se, agora já não é mais que um esboço impreciso através do qual se pode ver a gadanha indiferente, e de repente a morte deixou de estar, estava e não está, ou está, mas não a vemos, ou nem isso, atravessou simplesmente o tecto da sala subterrânea, a enorme massa de terra que está por cima, e foi-se embora, como em seu foro íntimo havia decidido depois de que a carta de cor violeta lhe foi devolvida pela terceira vez. Sabemos aonde vai. Não poderá matar o violoncelista, mas quer vê-lo, tê-lo diante dos olhos, tocar--lhe sem que ele se aperceba. Tem a certeza de que há-de descobrir a maneira de o liquidar num dia destes sem infringir demasiado os regulamentos, mas entretanto saberá quem é esse homem a quem os avisos de morte não lograram alcançar, que poderes tem, se é esse o caso, ou se, como um idiota inocente, continua a viver sem que lhe passe pela cabeça que já deveria estar morto. Aqui encerrados, nesta fria sala sem janelas e com uma porta estreita que não se sabe para que servirá, não tínhamos dado por quão rápido passa o tempo. São três horas dadas da madrugada, a morte já deve estar em casa do violoncelista.

Assim é. Um das cousas que sempre mais fatigam a morte é o esforço que tem de fazer sobre si mesma quando não quer ver tudo aquilo que em todos os lugares, simultaneamente, se lhe apresenta diante dos olhos. Também neste particular se parece muito a deus. Vejamos. Embora, em realidade, o facto não se inclua entre os dados verificáveis da experiência sensorial humana, fomos habituados a crer, desde crianças, que deus e a morte, essas eminências supremas, estão ao mesmo tempo em toda a parte, isto é, são omnipresentes, palavra, como tantas outras, feita de espaço e tempo. Em verdade, porém, é bem possível que, ao pensá-lo, e talvez mais ainda quando o expressamos, considerando a ligeireza com que as palavras nos costumam sair da boca para fora, não tenhamos uma clara consciência do que isso poderá significar. É fácil dizer que deus está em toda a parte e que a morte em toda a parte está, mas pelos vistos não reparamos que, se realmente estão em toda a parte, então por força, em todas as infinitas partes em que se encontrem, em toda a parte vêem tudo quanto lá houver para ver. De deus, que por obrigações de cargo está ao mesmo tempo no universo todo, porque de outro modo não teria qualquer sentido havê-lo criado, seria uma ridícula pretensão esperar que mostrasse um interesse especial pelo que acontece no pequeno planeta terra, o qual, aliás, e isto talvez a ninguém tenha ocorrido, é por ele conhecido sob um nome completamente diferente, mas a morte, esta morte que, como já havíamos dito páginas atrás, está adstrita à espécie humana com carácter de exclusividade, não nos tira os olhos de cima nem por um minuto, a tal ponto que até mesmo aqueles que por enquanto ainda não vão morrer sentem que constantemente o seu olhar os persegue. Por aqui se poderá ter uma ideia do esforço hercúleo que a morte foi obrigada a fazer nas raras vezes em que, por esta ou aquela razão, ao longo da nossa história comum, necessitou rebaixar a sua capacidade perceptiva à altura dos seres humanos, isto é, ver cada cousa de sua vez, estar em cada momento em um só lugar. No caso concreto que hoje nos ocupa não é outra a explicação de por que ainda não conseguiu passar da entrada da casa do violoncelista. A cada passo que vai dando, se lhe chamamos passo é apenas para ajudar a imaginação de quem nos leia, não porque ela efectivamente se movimente como se dispusesse de pernas e pés, a morte tem de pelejar muito para reprimir a tendência expansiva que é inerente à sua natureza, a qual, se deixada em liberdade, faria logo estalar e dispersar-se no espaço a precária e instável unidade que é a sua, com tanto custo agregada. A distribuição das divisões do apartamento onde vive o violoncelista que não recebeu a carta de cor violeta pertence ao tipo económico remediado, portanto mais própria de um pequeno burguês sem horizontes que de um discípulo de euterpe. Entra-se por um corredor onde no escuro mal se distinguem cinco portas, uma ao fundo, que, para não termos de voltar ao assunto, fica já dito que dá acesso ao quarto de banho, e duas de cada lado. A primeira à mão esquerda, por onde a morte decide começar a inspecção, abre para uma pequena sala de jantar com sinais de ser pouco usada, a qual, por sua vez, comunica com uma cozinha ainda mais pequena, equipada com o essencial. Por aí se sai novamente ao corredor, mesmo em frente de uma porta em que a morte não necessitou tocar para saber que se encontra fora de serviço, isto é, nem abre, nem fecha, modo de dizer contrário à simples demonstração, pois uma porta da qual se diz que não abre nem fecha, é unicamente uma porta fechada que não se pode abrir, ou, como também é costume dizer-se, uma porta que foi condenada. Claro que a morte poderia atravessá-la e ao mais que por trás dela estivesse, mas se lhe havia custado tanto trabalho a agregar-se e definir-se, embora continue invisível a olhos vulgares, numa forma mais ou menos humana, se bem que, como dissemos antes, não ao ponto de ter pernas e pés, não foi para correr agora o risco de se relaxar e dispersar no interior da madeira de uma porta ou de um armário com roupa que seguramente estará do outro lado. A morte seguiu pois pelo corredor até à primeira porta à direita de quem entra e por aí passou à sala de música, que outro nome não se vê que deva ser dado à divisão de uma casa onde se encontra um piano aberto e um violoncelo, um atril com as três peças da fantasia opus setenta e três de robert schumann, conforme a morte pôde ler graças a um candeeiro de iluminação pública cuja esmaecida luz alaranjada entrava pelas duas janelas, e também algumas pilhas de cadernos aqui e além, sem esquecer as altas estantes de livros onde a literatura tem todo o ar de conviver com a música na mais perfeita harmonia, que hoje é a ciência dos acordes depois de ter sido a filha de ares e afrodite. A morte afagou as cordas do violoncelo, passou suavemente as pontas dos dedos pelas teclas do piano, mas só ela podia ter distinguido o som dos instrumentos, um longo e grave queixume primeiro, um breve gorjeio de pássaro depois, ambos inaudíveis para ouvidos humanos, mas claros e precisos para quem desde há tanto tempo tinha aprendido a interpretar o sentido dos suspiros. Ali, no quarto ao lado, será onde o homem dorme. A porta está aberta, a penumbra, não obstante ser mais profunda que a da sala de música, deixa ver uma cama e o vulto de alguém deitado. A morte avança, cruza o umbral, mas detém-se, indecisa, ao sentir a presença de dois seres vivos no quarto. Conhecedora de certos factos da vida, embora, como é natural, não por experiência própria, a morte pensou que o homem tivesse companhia, que ao seu lado estaria dormindo outra pessoa, alguém a quem ela ainda não havia enviado a carta de cor violeta, mas que nesta casa partilhava o conchego dos mesmos lençóis e o calor da mesma manta. Aproximou-se mais, quase a roçar, se tal cousa se pode dizer, a mesa-de-cabeceira, e viu que o homem estava só. Porém, do outro lado da cama, enroscado sobre o tapete como um novelo, dormia um cão mediano de tamanho, de pêlo escuro, provavelmente negro. Ao menos que se lembrasse, foi esta a primeira vez que a morte se surpreendeu a pensar que, não servindo ela senão para a morte de seres humanos, aquele animal se encontrava fora do alcance da sua simbólica gadanha, que o seu poder não poderia tocar-lhe nem sequer ao de leve, e por isso aquele cão adormecido também se tornaria imortal, logo se haveria de ver por quanto tempo, se a sua própria morte, a outra, a que se encarrega dos outros seres vivos, animais e vegetais, se ausentasse como esta o tinha feito e, portanto, alguém tivesse um bom motivo para escrever no limiar de outro livro No dia seguinte nenhum cão morreu. O homem moveu-se, talvez sonhasse, talvez continuasse a tocar as três peças de schumann e lhe tivesse saído uma nota falsa, um violoncelo não é como um piano, o piano tem as notas sempre nos mesmos sítios, debaixo de cada tecla, ao passo que o violoncelo as dispersa a todo o comprido das cordas, é preciso ir lá buscá-las, fixá-las, acertar no ponto exacto, mover o arco com a justa inclinação e com a justa pressão, nada mais fácil, por conseguinte, que errar uma ou duas notas quando se está a dormir. A morte inclinou-se para a frente para ver melhor a cara do homem, e nesse momento passou-lhe pela cabeça uma ideia absolutamente genial, pensou que os verbetes do seu arquivo deveriam ter colada a fotografia das pessoas a quem dizem respeito, não uma fotografia qualquer, mas uma cientificamente tão avançada que, da mesma maneira que os dados da existência dessas pessoas vão sendo contínua e automaticamente actualizados nos respectivos verbetes, também a imagem delas iria mudando com a passagem do tempo, desde a criança enrugada e vermelha nos braços da mãe até este dia de hoje, quando nos perguntamos se somos realmente aqueles que fomos, ou se algum génio da lâmpada não nos irá substituindo por outra pessoa a cada hora que passa. O homem tornou a mover-se, parece que vai despertar, mas não, a respiração retomou a cadência normal, as mesmas treze vezes por minuto, a mão esquerda repousa-lhe sobre o coração como se estivesse à escuta das pulsações, uma nota aberta para a diástole, uma nota fechada para a sístole, enquanto a mão direita, com a palma para cima e os dedos ligeiramente curvados, parece estar à espera de que outra mão venha cruzar-se nela. O homem mostra um ar de mais velho que os cinquenta anos que já cumpriu, talvez não mais velho, apenas estará cansado, e porventura triste, mas isso só o poderemos saber quando abrir os olhos. Não tem os cabelos todos, e muitos dos que ainda lhe restam já estão brancos. É um homem qualquer, nem feio nem bonito. Assim como o estamos a ver agora, deitado de costas, com o seu casaco do pijama às riscas que a dobra do lençol não cobre por completo, ninguém diria que é o primeiro violoncelista de uma orquestra sinfónica da cidade, que a sua vida discorre por entre as linhas mágicas do pentagrama, quem sabe se à procura também do coração profundo da música, pausa, som, sístole, diástole. Ainda ressentida pela falha nos sistemas de comunicação do estado, mas sem a irritação que experimentava quando para aqui vinha, a morte olha a cara adormecida e pensa vagamente que este homem já deveria estar morto, que este brando respirar, inspirando, expirando, já deveria ter cessado, que o coração que a mão esquerda protege já teria de estar parado e vazio, suspenso para sempre na última contracção. Veio para ver este homem, e agora já o viu, não há nele nada de especial que possa explicar as três devoluções da carta de cor violeta, o melhor que terá a fazer depois disto é regressar à fria sala subterrânea donde veio e descobrir a maneira de acabar de vez com o maldito acaso que tornou este serrador de violoncelos em sobrevivente de si mesmo. Foi para esporear a sua própria e já declinante contrariedade que a morte usou estas duas agressivas parelhas de palavras, maldito acaso, serrador de violoncelos, mas os resultados não estiveram à altura do propósito. O homem que dorme não tem nenhuma culpa do que sucedeu com a carta de cor violeta, nem por remotas sombras poderia imaginar que está a viver uma vida que já não deveria ser sua, que se as cousas fossem como deveriam ser já estaria enterrado há pelo menos oito dias, e que o cão negro andaria agora a correr a cidade como louco à procura do dono, ou estaria sentado, sem comer nem beber, à entrada do prédio, esperando a volta dele. Por um instante a morte soltou-se a si mesma, expandindo-se até às paredes, encheu o quarto todo e alongou-se como um fluido até à sala contígua, aí uma parte de si deteve-se a olhar o caderno que estava aberto sobre uma cadeira, era a suite número seis opus mil e doze em ré maior de johann sebastian bach composta em cöthen e não precisou de ter aprendido música para saber que ela havia sido escrita, como a nona sinfonia de beethoven, na tonalidade da alegria, da unidade entre os homens, da amizade e do amor. Então aconteceu algo nunca visto, algo não imaginável, a morte deixou-se cair de joelhos, era toda ela, agora, um corpo refeito, por isso é que tinha joelhos, e pernas, e pés, e braços, e mãos, e uma cara que entre as mãos se escondia, e uns ombros que tremiam não se sabe porquê, chorar não será, não se pode pedir tanto a quem sempre deixa um rasto de lágrimas por onde passa, mas nenhuma delas que seja sua. Assim como estava, nem visível, nem invisível, nem esqueleto, nem mulher, levantou-se do chão como um sopro e entrou no quarto. O homem não se tinha mexido. A morte pensou, Já não tenho nada que fazer aqui, vou-me embora, nem valia a pena ter vindo só para ver um homem e um cão a dormirem, talvez estejam a sonhar um com o outro, o homem com o cão, o cão com o homem, o cão a sonhar que já é manhã e que está a pousar a cabeça ao lado da cabeça do homem, o homem a sonhar que já é manhã e que o seu braço esquerdo cinge o corpo quente e macio do cão e o aperta contra o peito. Ao lado do guarda-roupa encostado à porta que daria acesso ao corredor está um sofá pequeno onde a morte se foi sentar. Não o havia decidido, mas foi-se sentar ali, naquele canto, talvez por se ter lembrado do frio que a esta hora fazia na sala subterrânea dos arquivos. Tem os olhos à altura da cabeça do homem, distingue-lhe o perfil nitidamente desenhado sobre o fundo de vaga luminosidade laranja que entra pela janela e repete consigo mesma que não há nenhum motivo razoável para que continue ali, mas imediatamente argumenta que sim, que há um motivo, e forte, porque esta é a única casa da cidade, do país, do mundo inteiro, em que existe uma pessoa que está a infringir a mais severa das leis da natureza, essa que tanto impõe a vida como a morte, que não te perguntou se querias viver, que não te perguntará se queres morrer. Este homem está morto, pensou, todo aquele que tiver de morrer já vem morto de antes, só precisa que eu o empurre de leve com o polegar ou lhe mande a carta de cor violeta que não se pode recusar. Este homem não está morto, pensou, despertará daqui a poucas horas, levantar-se-á como todos os outros dias, abrirá a porta do quintal para que o cão se vá livrar do que lhe sobra no corpo, tomará a refeição da manhã, entrará no quarto de banho donde sairá aliviado, lavado e barbeado, talvez vá à rua levando o cão para comprarem juntos o jornal no quiosque da esquina, talvez se sente diante do atril e toque uma vez mais as três peças de schumann, talvez depois pense na morte como é obrigatório fazerem-no todos os seres humanos, porém ele não sabe que neste momento é como se fosse imortal porque esta morte que o olha não sabe como o há-de matar. O homem mudou de postura, virou as costas ao guarda-roupa que condenava a porta e deixou escorregar o braço direito para o lado do cão. Um minuto depois estava acordado. Tinha sede. Acendeu o candeeiro da mesa-de-cabeceira, levantou-se, enfiou nos pés os chinelos que, como sempre, estavam debaixo da cabeça do cão, e foi à cozinha. A morte seguiu-o. O homem deitou água para um copo e bebeu. O cão apareceu nesta altura, matou a sede no bebedouro ao lado da porta que dá para o quintal e depois levantou a cabeça para o dono. Queres sair, claro, disse o violoncelista. Abriu a porta e esperou que o animal voltasse. No copo tinha ficado um pouco de água. A morte olhou-a, fez um esforço para imaginar o que seria ter sede, mas não o conseguiu. Também não o teria conseguido quando teve de matar pessoas à sede no deserto, mas então nem sequer o havia tentado. O animal já regressava, abanando o rabo. Vamos dormir, disse o homem. Voltaram ao quarto, o cão deu duas voltas sobre si mesmo e deitou-se enroscado. O homem tapou-se até ao pescoço, tossiu duas vezes e daí a pouco entrou no sono. Sentada no seu canto, a morte olhava. Muito mais tarde, o cão levantou-se do tapete e subiu para o sofá. Pela primeira vez na sua vida a morte soube o que era ter um cão no regaço.

Momentos de fraqueza na vida qualquer um os poderá ter, e, se hoje passámos sem eles, tenhamo-los por certos amanhã. Assim como por detrás da brônzea couraça de aquiles se viu que pulsava um coração sentimental, bastará que recordemos a dor de cotovelo padecida pelo herói durante dez anos depois de que agamémnon lhe tivesse roubado a sua bem-amada, a cativa briseida, e logo aquela terrível cólera que o fez voltar à guerra gritando em voz estentória contra os troianos quando o seu amigo pátroclo foi morto por heitor, também na mais impenetrável de todas as armaduras até hoje forjadas e com promessa de que assim irá continuar até à definitiva consumação dos séculos, ao esqueleto da morte nos referimos, há sempre a possibilidade de que um dia venha a insinuar-se na sua medonha carcaça, assim como quem não quer a cousa, um suave acorde de violoncelo, um ingénuo trilo de piano, ou apenas que a visão de um caderno de música aberto sobre uma cadeira te faça lembrar aquilo em que te recusas a pensar, que não havias vivido e que, faças o que fizeres, não poderás viver nunca, salvo se. Tinhas observado com fria atenção o violoncelista adormecido, esse homem a quem não conseguiste matar porque só pudeste chegar a ele quando já era demasiado tarde, tinhas visto o cão enroscado no tapete, e nem sequer a este animal te seria permitido tocar porque tu não és a sua morte, e, na tépida penumbra do quarto, esses dois seres vivos que rendidos ao sono te ignoravam só serviram para aumentar na tua consciência o peso do malogro. Tu, que te havias habituado a poder o que ninguém mais pode, vias-te ali impotente, de mãos e pés atados, com a tua licença para matar zero zero sete sem validez nesta casa, nunca, desde que és morte, reconhece-o, havias sido a esse ponto humilhada. Foi então que saíste do quarto para a sala de música, foi então que te ajoelhaste diante da suite número seis para violoncelo de johann sebastian bach e fizeste com os ombros aqueles movimentos rápidos que nos seres humanos costumam acompanhar o choro convulsivo, foi então, com os teus duros joelhos fincados no duro soalho, que a tua exasperação de repente se esvaiu como a imponderável névoa em que às vezes te transformas quando não queres ser de todo invisível. Voltaste ao quarto, seguiste o violoncelista quando ele foi à cozinha beber água e abrir a porta ao cão, primeiro tinha-lo visto deitado e a dormir, agora via-lo acordado e de pé, talvez devido a uma ilusão de óptica causada pelas riscas verticais do pijama parecia muito mais alto que tu, mas não podia ser, foi só um engano dos olhos, uma distorção da perspectiva, está aí a lógica dos factos para nos dizer que a maior és tu, morte, maior que tudo, maior que todos nós. Ou talvez nem sempre o sejas, talvez as cousas que sucedem no mundo se expliquem pela ocasião, por exemplo, o luar deslumbrante que o músico recorda da sua infância teria passado em vão se ele estivesse a dormir, sim, a ocasião, porque tu já eras outra vez uma pequena morte quando regressaste ao quarto e te foste sentar no sofá, e mais pequena ainda te fizeste quando o cão se levantou do tapete e subiu para o teu regaço que parecia de menina, e então tiveste um pensamento dos mais bonitos, pensaste que não era justo que a morte, não tu, a outra, viesse um dia apagar o brasido suave daquele macio calor animal, assim o pensaste, quem diria, tu que estás tão habituada aos frios árctico e antárctico que fazem na sala em que te encontras neste momento e aonde a voz do teu ominoso dever te chamou, o de matar aquele homem a quem, dormindo, parecia desenhar-se-lhe na cara o ricto amargo de quem em toda a sua vida nunca havia tido uma companhia realmente humana na cama, que fez um acordo com o seu cão para que cada um sonhe com o outro, o cão com o homem, o homem com o cão, que se levanta de noite com o seu pijama às riscas para ir à cozinha matar a sede, claro que seria mais cómodo levar um copo de água para o quarto quando se fosse deitar, mas não o faz, prefere o seu pequeno passeio nocturno pelo corredor até à cozinha, no meio da paz e do silêncio da noite, com o cão que sempre vai atrás dele e às vezes pede para ir ao quintal, outras vezes não, Este homem tem de morrer, dizes tu.

A morte é novamente um esqueleto envolvido numa mortalha, com o capuz meio descaído para a frente, de modo a que o pior da caveira lhe fique tapado, mas não valia a pena tanto cuidado, se essa foi a preocupação, porque aqui não há ninguém para se assustar com o macabro espectáculo, tanto mais que à vista só aparecem os extremos dos ossos das mãos e dos pés, estes descansando nas lajes do chão, cuja gélida frialdade não sentem, aquelas folheando, como se fossem um raspador, as páginas do volume completo das ordenações históricas da morte, desde o primeiro de todos os regulamentos, aquele que foi escrito com uma só e simples palavra, matarás, até às adendas e aos apêndices mais recentes, em que todos os modos e variantes do morrer até agora conhecidos se encontram compilados, e deles se pode dizer que nunca a lista se esgota. A morte não se surpreendeu com o resultado negativo da consulta, na verdade, seria incongruente, mas sobretudo seria supérfluo que num livro em que se determina para todo e qualquer representante da espécie humana um ponto final, um remate, uma condenação, a morte, aparecessem palavras como vida e viver, como vivo e viverei. Ali só há lugar para a morte, nunca para falar de hipóteses absurdas como ter alguém conseguido escapar a ela. Isso nunca se viu. Porventura, procurando bem, fosse possível encontrar ainda uma vez, uma só vez, o tempo verbal eu vivi numa desnecessária nota de rodapé, mas tal diligência nunca foi seriamente tentada, o que leva a concluir que há mais do que fortes razões para que nem ao menos o facto de se ter vivido mereça ser mencionado no livro da morte. É que o outro nome do livro da morte, convém que o saibamos, é livro do nada. O esqueleto arredou o regulamento para o lado e levantou-se. Deu, como é seu costume quando necessita penetrar no âmago de uma questão, duas voltas à sala, depois abriu a gaveta do ficheiro onde se encontrava o verbete do violoncelista e retirou-o. Este gesto acaba de fazer-nos recordar que é o momento, ou não mais o será, por aquilo da ocasião a que nos referimos, de deixar aclarado um aspecto importante relacionado com o funcionamento dos arquivos que têm vindo a ser objecto da nossa atenção e do qual, por censurável descuido do narrador, até agora não se havia falado. Em primeiro lugar, e ao contrário do que talvez se tivesse imaginado, os dez milhões de verbetes que se encontram arrumados nestas gavetas não foram preenchidos pela morte, não foram escritos por ela. Não faltaria mais, a morte é a morte, não uma escriturária qualquer. Os verbetes aparecem nos seus lugares, isto é, alfabeticamente arquivados, no instante exacto em que as pessoas nascem, e desaparecem no exacto instante em que elas morrem. Antes da invenção das cartas de cor violeta, a morte não se dava nem ao trabalho de abrir as gavetas, a entrada e saída de verbetes sempre se fez sem confusões, sem atropelos, não há memória de se terem produzido cenas tão deploráveis como seriam uns a dizer que não queriam nascer e outros a protestar que não queriam morrer. Os verbetes das pessoas que morrem vão, sem que ninguém os leve, para uma sala que se encontra por baixo desta, ou melhor, tomam o seu lugar numa das salas que subterraneamente se vão sucedendo em níveis cada vez mais profundos e que já estão a caminho do centro ígneo da terra, onde toda esta papelada algum dia acabará por arder. Aqui, na sala da morte e da gadanha, seria impossível estabelecer um critério parecido com o que foi adoptado por aquele conservador de registo civil que decidiu reunir num só arquivo os nomes e os papéis, todos eles, dos vivos e dos mortos que tinha à sua guarda, alegando que só juntos podiam representar a humanidade como ela deveria ser entendida, um todo absoluto, independentemente do tempo e dos lugares, e que tê-los mantido separados havia sido um atentado contra o espírito. Esta é a enorme diferença existente entre a morte daqui e aquele sensato conservador dos papéis da vida e da morte, ao passo que ela faz gala de desprezar olimpicamente os que morreram, recordemos a cruel frase, tantas vezes repetida, que diz o passado, passado está, ele, em compensação, graças ao que na linguagem corrente chamamos consciência histórica, é de opinião que os vivos não deveriam nunca ser separados dos mortos e que, no caso contrário, não só os mortos ficariam para sempre mortos, como também os vivos só por metade viveriam a sua vida, ainda que ela fosse mais longa que a de matusalém, sobre quem há dúvidas de se morreu aos novecentos e sessenta e nove anos como diz o antigo testamento masorético ou aos setecentos e vinte como afirma o pentateuco samaritano. Certamente nem toda a gente estará de acordo com a ousada proposta arquivística do conservador de todos os nomes havidos e por haver, mas, pelo que possa vir a valer no futuro, aqui a deixaremos consignada.

A morte examina o verbete e não encontra nele nada que não tivesse visto antes, isto é, a biografia de um músico que já deveria estar morto há mais de uma semana e que, apesar disso, continua tranquilamente a viver no seu modesto domicílio de artista, com aquele seu cão preto que sobe para o regaço das senhoras, o piano e o violoncelo, as suas sedes nocturnas e o seu pijama às riscas. Tem de haver um meio de resolver este bico-de-obra, pensou a morte, o preferível, claro está, seria que o assunto pudesse arrumar-se sem se notar demasiado, mas se as altas instâncias servem para algo, se não estão lá apenas para receber honras e louvores, então têm agora uma boa ocasião para demonstrarem que não são indiferentes a quem, cá em baixo, na planície, leva a cabo o trabalho duro, que alterem o regulamento, que decretem medidas excepcionais, que autorizem, se for necessário chegar a tanto, uma acção de legalidade duvidosa, qualquer cousa menos permitir que semelhante escândalo continue. O curioso do caso é que a morte não tem nenhuma ideia de quem sejam, em concreto, as tais altas instâncias que supostamente lhe devem resolver o dito bico-de-obra. É verdade que, numa das suas cartas publicadas na imprensa, salvo erro a segunda, ela se havia referido a uma morte universal que faria desaparecer não se sabia quando todas as manifestações de vida do universo até ao último micróbio, mas isso, além de tratar-se de uma obviedade filosófica porque nada pode durar sempre, nem sequer a morte, resultava, em termos práticos, de uma dedução de senso comum que desde há muito circulava entre as mortes sectoriais, embora lhe faltasse a confirmação de um conhecimento avalizado pelo exame e pela experiência. Já muito faziam elas em conservar a crença numa morte geral que até hoje ainda não havia dado nem o mais simples indício do seu imaginário poder. Nós, as sectoriais, pensou a morte, somos as que realmente trabalhamos a sério, limpando o terreno de excrescências, e, na verdade, não me surpreenderia nada que, se o cosmo desaparecer, não seja em consequência de uma proclamação solene da morte universal, retumbando entre as galáxias e os buracos negros, mas sim como derradeiro efeito da acumulação das mortezinhas particulares e pessoais que estão à nossa responsabilidade, uma a uma, como se a galinha do provérbio, em lugar de encher o papo grão a grão, grão a grão o fosse estupidamente esvaziando, que assim me parece mais que haverá de suceder com a vida, que por si mesma vai preparando o seu fim, sem precisar de nós, sem esperar que lhe dêmos uma mãozinha. É mais do que compreensível a perplexidade da morte. Tinham-na posto neste mundo há tanto tempo que já não consegue recordar-se de quem foi que recebeu as instruções indispensáveis ao regular desempenho da operação de que a incumbiam. Puseram-lhe o regulamento nas mãos, apontaram-lhe a palavra matarás como único farol das suas actividades futuras e, sem que provavelmente se tivessem apercebido da macabra ironia, disseram-lhe que fosse à sua vida. E ela foi, julgando que, em caso de dúvida ou de algum improvável equívoco, sempre iria ter as costas quentes, sempre haveria alguém, um chefe, um superior hierárquico, um guia espiritual, a quem pedir conselho e orientação.

Não é crível, porém, e aqui entraremos enfim no frio e objectivo exame que a situação da morte e do violoncelista vem requerendo, que um sistema de informação tão perfeito como o que tem mantido estes arquivos em dia ao longo de milénios, actualizando continuamente os dados, fazendo aparecer e desaparecer verbetes consoante nasceste ou morreste, não é crível, repetimos, que um sistema assim seja primitivo e unidireccional, que a fonte informativa, lá onde quer que se encontre, não esteja continuamente recebendo, por sua vez, os dados resultantes das actividades quotidianas da morte em funções. E, se efectivamente os recebe e não reage à extraordinária notícia de que alguém não morreu quando devia, então uma de duas, ou o episódio, contra as nossas lógicas e naturais expectativas, não lhe interessa e portanto não se sente com a obrigação de intervir para neutralizar a perturbação surgida no processo, ou então subentender-se-á que a morte, ao contrário do que ela própria pensava, tem carta branca para resolver, como bem entender, qualquer problema que lhe surgir no seu dia-a-dia de trabalho. Foi necessário que esta palavra dúvida tivesse sido dita aqui uma e duas vezes para que na memória da morte ecoasse finalmente uma certa passagem do regulamento que, por estar escrita em letra pequena e em rodapé, não atraía a atenção do estudioso e muito menos a fixava. Largando o verbete do violoncelista, a morte deitou mão ao livro. Sabia que aquilo que procurava não era nos apêndices nem nas adendas que se encontrava, que teria de estar na parte inicial do regulamento, a mais antiga, e portanto a menos consultada, como em geral sucede aos textos históricos básicos, e ali foi dar com ela. Rezava assim, Em caso de dúvida, a morte em funções deverá, no mais curto prazo possível, tomar as medidas que a sua experiência lhe vier a aconselhar a fim de que seja irremissivelmente cumprido o desideratum que em toda e qualquer circunstância sempre deverá orientar as suas acções, isto é, pôr termo às vidas humanas quando se lhes extinguir o tempo que lhes havia sido prescrito ao nascer, ainda que para esse efeito se torne necessário recorrer a métodos menos ortodoxos em situações de uma anormal resistência do sujeito ao fatal desígnio ou da ocorrência de factores anómalos obviamente imprevisíveis na época em que este regulamento está a ser elaborado. Mais claro, água, a morte tem as mãos livres para agir como melhor lhe parecer. O que, assim o mostra o exame a que procedemos, não era nenhuma novidade. E, se não, vejamos. Quando a morte, por sua conta e risco, decidiu suspender a sua actividade a partir do dia um de janeiro deste ano, não lhe passou pela oca cabeça a ideia de que uma instância superior da hierarquia poderia pedir-lhe contas do bizarro despautério, como igualmente não pensou na altíssima probabilidade de que a sua pinturesca invenção das cartas de cor violeta fosse vista com maus olhos pela referida instância ou outra mais acima. São estes os perigos do automatismo das práticas, da rotina embaladora, da práxis cansada. Uma pessoa, ou a morte, para o caso tanto faz, vai cumprindo escrupulosamente o seu trabalho, um dia atrás de outro dia, sem problemas, sem dúvidas, pondo toda a sua atenção em seguir as pautas superiormente estabelecidas, e se, ao cabo de um tempo, ninguém lhe aparece a meter o nariz na maneira como desempenha as suas obrigações, é certo e sabido que essa pessoa, e assim sucedeu também à morte, acabará por comportar-se, sem que de tal se aperceba, como se fosse rainha e senhora do que faz, e não só isso, também de quando e de como o deve fazer. Esta é a única explicação razoável de porquê à morte não lhe pareceu necessário pedir autorização à hierarquia quando tomou e pôs em execução as transcendentes decisões que conhecemos e sem as quais este relato, feliz ou infelizmente, não poderia ter existido. É que nem sequer nisso pensou. E agora, paradoxalmente, é no justo momento em que não cabe em si de contentamento por descobrir que o poder de dispor das vidas humanas é, afinal, unicamente seu e de que dele não terá que dar satisfações a ninguém, nem hoje nem nunca, é quando os fumos da glória ameaçam entontecê-la, que não consegue evitar aquela receosa reflexão de uma pessoa que, mesmo a ponto de ser apanhada em falta, milagrosamente havia escapado no último instante, Do que eu me livrei.

Apesar de tudo, a morte que agora se está levantando da cadeira é uma imperatriz. Não deveria estar nesta gelada sala subterrânea, como se fosse uma enterrada viva, mas sim no cimo da mais alta montanha presidindo aos destinos do mundo, olhando com benevolência o rebanho humano, vendo como ele se move e agita em todas as direcções sem perceber que todas elas vão dar ao mesmo destino, que um passo atrás o aproximará tanto da morte como um passo em frente, que tudo é igual a tudo porque tudo terá um único fim, esse em que uma parte de ti sempre terá de pensar e que é a marca escura da tua irremediável humanidade. A morte segura na mão o verbete do músico. Está ciente de que terá de fazer alguma cousa com ele, mas ainda não sabe bem o quê. Em primeiro lugar deverá acalmar-se, pensar que não é agora mais morte do que era antes, que a única diferença entre hoje e ontem é ter maior certeza de o ser. Em segundo lugar, o facto de finalmente poder ajustar as suas contas com o violoncelista não é motivo para se esquecer de enviar as cartas do dia. Pensou-o e instantaneamente duzentos e oitenta e quatro verbetes apareceram em cima da mesa, metade eram homens, metade eram mulheres, e com eles duzentas e oitenta e quatro folhas de papel e duzentos e oitenta e quatro sobrescritos. A morte voltou a sentar-se, pôs de lado o verbete do músico e começou a escrever. Uma ampulheta de quatro horas teria deixado cair o derradeiro grão de areia precisamente quando ela acabou de assinar a ducentésima octogésima quarta carta. Uma hora depois os sobrescritos estavam fechados, prontos para a expedição. A morte foi buscar a carta que três vezes havia sido enviada e três vezes havia vindo devolvida e colocou-a sobre a pilha dos sobrescritos de cor violeta, Vou dar-te uma última oportunidade, disse. Fez o gesto do costume com a mão esquerda e as cartas desapareceram. Ainda dez segundos não tinham passado quando a carta do músico, silenciosamente, reapareceu em cima da mesa. Então a morte disse, Assim o quiseste, assim o terás. Riscou no verbete a data de nascimento e passou-a para um ano depois, a seguir emendou a idade, onde estava escrito cinquenta corrigiu para quarenta e nove. Não podes fazer isso, disse de lá a gadanha, Já está feito, Haverá consequências, Uma só, Qual, A morte, enfim, do maldito violoncelista que se anda a divertir à minha custa, Mas ele, coitado, ignora que já tinha de estar morto, Para mim é como se o soubesse, Seja como for, não tens poder nem autoridade para emendar um verbete, Enganas-te, tenho todos os poderes e toda a autoridade, sou a morte, e toma nota de que nunca o fui tanto como a partir deste dia, Não sabes no que te vais meter, avisou a gadanha, Em todo o mundo há um só lugar onde a morte não se pode meter, Que lugar, Esse a que chamam urna, caixão, tumba, ataúde, féretro, esquife, aí não entro eu, aí só os vivos entram, depois de que eu os mate, claro, Tantas palavras para uma só e triste cousa, É o costume desta gente, nunca acabam de dizer o que querem.

A morte tem um plano. A mudança no ano de nascimento do músico não foi senão o movimento inicial de uma operação em que, podemos adiantá-lo desde já, serão empregados meios absolutamente excepcionais, jamais usados em toda a história das relações da espécie humana com a sua figadal inimiga. Como num jogo de xadrez, a morte avançou a rainha. Uns quantos lances mais deverão abrir caminho ao xeque-mate e a partida terminará. Poder-se-á agora perguntar por que não regressa a morte ao statu quo ante, quando as pessoas morriam simplesmente porque tinham de morrer, sem precisarem de esperar que o carteiro lhes trouxesse uma carta de cor violeta. A pergunta tem a sua lógica, mas a resposta não a terá menos. Trata-se, em primeiro lugar, de uma questão de pundonor, de brio, de orgulho profissional, porquanto, aos olhos de toda a gente, regressar a morte à inocência daqueles tempos seria o mesmo que reconhecer a sua derrota. Uma vez que o processo actualmente em vigor é o das cartas de cor violeta, então terá de ser por via dele que o violoncelista irá morrer. Bastará que nos imaginemos no lugar da morte para compreendermos a bondade das suas razões. Claro que, como por quatro vezes tivemos ocasião de ver, o magno problema de fazer chegar a já cansada carta ao destinatário subsiste, e é aí que, para lograr o almejado desiderato, entrarão em acção os meios excepcionais a que aludimos acima. Não antecipemos, porém, os factos, observemos o que a morte faz neste momento. A morte, neste preciso momento, não faz nada mais do que aquilo que sempre fez, isto é, empregando uma expressão corrente, anda por aí, embora, a falar verdade, fosse mais exacto dizer que a morte está, não anda. Ao mesmo tempo, e em toda a parte. Não necessita de correr atrás das pessoas para as apanhar, sempre estará onde elas estiverem. Agora, graças ao método do aviso por correspondência, poderia deixar-se ficar tranquilamente na sala subterrânea e esperar que o correio se encarregasse do trabalho, mas a sua natureza é mais forte, precisa de se sentir livre, desafogada. Como já dizia o ditado antigo, galinha do mato não quer capoeira. Em sentido figurado, portanto, a morte anda no mato. Não tornará a cair na estupidez, ou na indesculpável fraqueza, de reprimir o que em si há de melhor, a sua ilimitada virtude expansiva, portanto não repetirá a penosa acção de se concentrar e manter no último limiar do visível, sem passar para o outro lado, como havia feito na noite passada, sabe deus com que custo, durante as horas que permaneceu em casa do músico. Presente, como temos dito mil e uma vezes, em toda a parte, está lá também. O cão dorme no quintal, ao sol, esperando que o dono regresse ao lar. Não sabe aonde ele foi nem o que foi fazer, e a ideia de lhe seguir o rasto, se alguma vez o tentou, é algo em que já deixou de pensar, tantos e tão desorientadores são os bons e maus cheiros de uma cidade capital. Nunca pensamos que aquilo que os cães conhecem de nós são outras cousas de que não fazemos a menor ideia. A morte, essa, sim, sabe que o violoncelista está sentado no palco de um teatro, à direita do maestro, no lugar que corresponde ao instrumento que toca, vê-o mover o arco com a mão destra, vê a mão esquerda, esquerda mas não menos destra que a outra, a subir e a descer ao longo das cordas, tal como ela própria havia feito meio às escuras, apesar de nunca ter aprendido música, nem sequer o mais elementar dos solfejos, o chamado três por quatro. O maestro interrompeu o ensaio, repenicou a batuta na borda do atril para um comentário e uma ordem, pretende que nesta passagem os violoncelos, justamente os violoncelos, se façam ouvir sem parecer que soam, uma espécie de charada acústica que os músicos dão mostras de haver decifrado sem dificuldade, a arte é assim, tem cousas que parecem de todo impossíveis ao profano e afinal de contas não o eram. A morte, escusado será dizer, enche o teatro todo até ao alto, até às pinturas alegóricas do tecto e ao imenso lustre agora apagado, mas o ponto de vista que neste momento prefere é o de um camarote acima do nível do palco, fronteiro, ainda que um pouco de esguelha, aos naipes de cordas de tonalidade grave, às violas, que são os contraltos da família dos violinos, aos violoncelos, que correspondem ao baixo, e aos contrabaixos, que são os da voz grossa. Está ali sentada, numa estreita cadeira forrada de veludo carmesim, e olha fixamente o primeiro violoncelista, esse a quem viu dormir e que usa pijama às riscas, esse que tem um cão que a estas horas dorme ao sol no quintal da casa, esperando o regresso do dono. Aquele é o seu homem, um músico, nada mais que um músico, como o são os quase cem homens e mulheres arrumados em semicírculo diante do seu xamã privado, que é o maestro, e que um dia destes, em uma qualquer semana, mês e ano futuros, receberão em casa a cartinha de cor violeta e deixarão o lugar vazio, até que outro violinista, ou flautista, ou trompetista, venha sentar-se na mesma cadeira, talvez já com outro xamã a fazer gestos com o pauzinho para conjurar os sons, a vida é uma orquestra que sempre está tocando, afinada, desafinada, um paquete titanic que sempre se afunda e sempre volta à superfície, e é então que a morte pensa que ficará sem ter que fazer se o barco afundado não puder subir nunca mais cantando aquele evocativo canto das águas escorrendo pelo costado, como deve ter sido, deslizando com outra rumorosa suavidade pelo ondulante corpo da deusa, o de anfitrite na hora única do seu nascimento, para a tornar naquela que rodeia os mares, que esse é o significado do nome que lhe deram. A morte pergunta-se onde estará agora anfitrite, a filha de nereu e de dóris, onde estará o que, não tendo existido nunca na realidade, habitou não obstante por um breve tempo a mente humana a fim de nela criar, também por breve tempo, uma certa e particular maneira de dar sentido ao mundo, de procurar entendimentos dessa mesma realidade. E não a entenderam, pensou a morte, e não a podem entender por mais que façam, porque na vida deles tudo é provisório, tudo precário, tudo passa sem remédio, os deuses, os homens, o que foi, acabou já, o que é, não será sempre, e até eu, morte, acabarei quando não tiver mais a quem matar, seja à maneira clássica, seja por correspondência. Sabemos que não é a primeira vez que um pensamento destes passa pelo que nela pensa, seja aquilo que for, mas foi a primeira vez que tê-lo pensado lhe causou este sentimento de profundo alívio, como alguém que, havendo terminado o seu trabalho, lentamente se recosta para descansar. De súbito, a orquestra calou-se, apenas se ouve o som de um violoncelo, chama-se a isto um solo, um modesto solo que não chegará a durar nem dois minutos, é como se das forças que o xamã havia invocado se tivesse erguido uma voz, falando porventura em nome de todos aqueles que agora estão silenciosos, o próprio maestro está imóvel, olha aquele músico que deixou aberto numa cadeira o caderno com a suite número seis opus mil e doze em ré maior de johann sebastian bach, a suite que ele nunca tocará neste teatro, porque é apenas um violoncelista de orquestra, ainda que principal do seu naipe, não um daqueles famosos concertistas que percorrem o mundo inteiro tocando e dando entrevistas, recebendo flores, aplausos, homenagens e condecorações, muita sorte tem por uma vez ou outra lhe saírem uns quantos compassos para tocar a solo, algum compositor generoso que se lembrou daquele lado da orquestra onde poucas cousas costumam passar-se fora da rotina. Quando o ensaio terminar guardará o violoncelo na caixa e voltará para casa de táxi, daqueles que têm um porta-bagagem grande, e é possível que esta noite, depois de jantar, abra a suite de bach sobre o atril, respire fundo e roce com o arco as cordas para que a primeira nota nascida o venha consolar das incorrigíveis banalidades do mundo e a segunda as faça esquecer se pode, o solo terminou já, o tutti da orquestra cobriu o último eco do violoncelo, e o xamã, com um gesto imperioso da batuta, voltou ao seu papel de invocador e guia dos espíritos sonoros. A morte está orgulhosa do bem que o seu violoncelista tocou. Como se se tratasse de uma pessoa da família, a mãe, a irmã, uma noiva, esposa não, porque este homem nunca se casou.

Durante os três dias seguintes, excepto o tempo necessário para correr à sala subterrânea, escrever as cartas a toda a pressa e enviá-las ao correio, a morte foi, mais do que a sombra, o próprio ar que o músico respirava. A sombra tem um grave defeito, perde-se-lhe o sítio, não se dá por ela assim que lhe falta uma fonte luminosa. A morte viajou sentada ao lado dele no táxi que o levou a casa, entrou quando ele entrou, contemplou com benevolência as loucas efusões do cão à chegada do amo, e depois, tal como faria uma pessoa convidada a passar ali uma temporada, instalou-se. Para quem não precisa de se mover, é fácil, tanto lhe dá estar sentado no chão como empoleirado na cimeira de um armário. O ensaio da orquestra tinha acabado tarde, daqui a pouco será noite. O violoncelista deu de comer ao cão, depois preparou o seu próprio jantar com o conteúdo de duas latas que abriu, aqueceu o que era para aquecer, depois estendeu uma toalha sobre a mesa da cozinha, pôs os talheres e o guardanapo, deitou vinho num copo e, sem pressa, como se pensasse noutra cousa, meteu a primeira garfada de comida na boca. O cão sentou-se ao lado, algum resto que o dono deixe ficar no prato e possa ser-lhe dado à mão será a sua sobremesa. A morte olha o violoncelista. Por princípio, não distingue entre gente feia e gente bonita, se calhar porque, não conhecendo de si mesma senão a caveira que é, tem a irresistível tendência de fazer aparecer a nossa desenhada por baixo da cara que nos serve de mostruário. No fundo, no fundo, manda a verdade que se diga, aos olhos da morte todos somos da mesma maneira feios, inclusive no tempo em que havíamos sido rainhas de beleza ou reis do que masculinamente lhe equivalha. Aprecia-lhe os dedos fortes, calcula que as polpas da mão esquerda devem ter-se tornado a pouco e pouco mais duras, talvez até levemente calosas, a vida tem destas e doutras injustiças, veja-se este caso da mão esquerda, que tem à sua conta o trabalho mais pesado do violoncelo e recebe do público muito menos aplausos que a mão direita. Terminado o jantar, o músico lavou a louça, dobrou cuidadosamente pelos vincos a toalha e o guardanapo, meteu-os numa gaveta do armário e antes de sair da cozinha olhou em redor para ver se havia ficado alguma cousa fora do seu lugar. O cão foi atrás dele para a sala de música, onde a morte os esperava. Ao contrário da suposição que havíamos feito no teatro, o músico não tocou a suite de bach. Um dia, em conversa com alguns colegas da orquestra que em tom ligeiro falavam sobre a possibilidade da composição de retratos musicais, retratos autênticos, não tipos, como os de samuel goldenberg e schmuyle, de mussorgsky, lembrou-se de dizer que o seu retrato, no caso de existir de facto em música, não o encontrariam em nenhuma composição para violoncelo, mas num brevíssimo estudo de chopin, opus vinte e cinco, número nove, em sol bemol maior. Quiseram saber porquê e ele respondeu que não conseguia ver-se a si mesmo em nada mais que tivesse sido escrito numa pauta e que essa lhe parecia ser a melhor das razões. E que em cinquenta e oito segundos chopin havia dito tudo quanto se poderia dizer a respeito de uma pessoa a quem não podia ter conhecido. Durante alguns dias, como amável divertimento, os mais graciosos chamaram-lhe cinquenta e oito segundos, mas a alcunha era por de mais comprida para perdurar, e também porque nenhum diálogo é possível manter com alguém que tinha decidido demorar cinquenta e oito segundos a responder ao que lhe perguntavam. O violoncelista acabaria por ganhar a amigável contenda. Como se tivesse percebido a presença de um terceiro em sua casa, a quem, por motivos não explicados, deveria falar de si mesmo, e para não ter de fazer o longo discurso que até a vida mais simples necessita para dizer de si mesma algo que valha a pena, o violoncelista sentou-se ao piano, e, após uma breve pausa para que a assistência se acomodasse, atacou a composição. Deitado ao lado do atril e já meio adormecido, o cão não pareceu dar importância à tempestade sonora que se havia desencadeado por cima da sua cabeça, quer fosse por a ter ouvido outras vezes, quer fosse porque ela não acrescentava nada ao que conhecia do dono. A morte, porém, que por dever de ofício tantas outras músicas havia escutado, com particular relevância para a marcha fúnebre do mesmo chopin ou para o adagio assai da terceira sinfonia de beethoven, teve pela primeira vez na sua longuíssima vida a percepção do que poderá chegar a ser uma perfeita convizinhança entre o que se diz e o modo por que se está dizendo. Importava-lhe pouco que aquele fosse o retrato musical do violoncelista, o mais provável é que as alegadas parecenças, tanto as efectivas como as imaginadas, as tivesse ele fabricado na sua cabeça, o que à morte impressionava era ter-lhe parecido ouvir naqueles cinquenta e oito segundos de música uma transposição rítmica e melódica de toda e qualquer vida humana, corrente ou extraordinária, pela sua trágica brevidade, pela sua intensidade desesperada, e também por causa daquele acorde final que era como um ponto de suspensão deixado no ar, no vago, em qualquer parte, como se, irremediavelmente, alguma cousa ainda tivesse ficado por dizer. O violoncelista havia caído num dos pecados humanos que menos se perdoa, o da presunção, quando imaginara ver a sua própria e exclusiva figura num retrato em que afinal se encontravam todos, a qual presunção, em todo o caso, se repararmos bem, se não nos deixarmos ficar à superfície das cousas, igualmente poderia ser interpretada como uma manifestação do seu radical oposto, ou seja, a humildade, uma vez que, sendo aquele retrato de todos, também eu teria de estar retratado nele. A morte hesita, não acaba de decidir-se pela presunção ou pela humildade, e, para desempatar, para tirar-se de dúvidas, entretém-se agora a observar o músico, esperando que a expressão da cara lhe revele o que está a faltar, ou talvez as mãos, as mãos são dois livros abertos, não pelas razões, supostas ou autênticas, da quiromancia, com as suas linhas do coração e da vida, da vida, meus senhores, ouviram bem, da vida, mas porque falam quando se abrem ou se fecham, quando acariciam ou golpeiam, quando enxugam uma lágrima ou disfarçam um sorriso, quando se pousam sobre um ombro ou acenam um adeus, quando trabalham, quando estão quietas, quando dormem, quando despertam, e então a morte, terminada a observação, concluiu que não é verdade que o antónimo da presunção seja a humildade, mesmo que o estejam jurando a pés juntos todos os dicionários do mundo, coitados dos dicionários, que têm de governar-se eles e governar-nos a nós com as palavras que existem, quando são tantas as que ainda faltam, por exemplo, essa que iria ser o contrário activo da presunção, porém em nenhum caso a rebaixada cabeça da humildade, essa palavra que vemos claramente escrita na cara e nas mãos do violoncelista, mas que não é capaz de dizer-nos como se chama.

Calhou ser domingo o dia seguinte. Estando o tempo de boa cara, como sucede hoje, o violoncelista tem o costume de ir passar a manhã num dos parques da cidade em companhia do cão e de um ou dois livros. O animal nunca se afasta muito, mesmo quando o instinto o faz andar de árvore em árvore a farejar as mijadas dos congéneres. Alça a perna de vez em quando, mas por aí se fica no que à satisfação das suas necessidades excretórias se refere. A outra, por assim dizer complementar, resolve-a disciplinadamente no quintal da casa onde mora, por isso o violoncelista não tem de ir atrás dele recolhendo-lhe os excrementos num saquinho de plástico com a ajuda da pazinha especialmente desenhada para esse fim. Tratar-se-ia de um notável exemplo dos resultados de uma boa educação canina se não se desse a circunstância extraordinária de ter sido uma ideia do próprio animal, o qual é de opinião de que um músico, um violoncelista, um artista que se esforça por chegar a tocar dignamente a suite número seis opus mil e doze em ré maior de bach, é de opinião, dizíamos, que não está bem que um músico, um violoncelista, um artista, tenha vindo ao mundo para levantar do chão as cacas ainda fumegantes do seu cão ou de qualquer outro. Não é próprio, bach, por exemplo, disse este um dia em conversa com o dono, nunca o fez. O músico respondeu que desde então os tempos mudaram muito, mas foi obrigado a reconhecer que bach, de facto, nunca o havia feito. Embora seja apreciador da literatura em geral, bastará olhar as prateleiras médias da sua biblioteca para o comprovar, o músico tem uma predilecção especial pelos livros sobre astronomia e ciências naturais ou da natureza, e hoje lembrou-se de trazer um manual de entomologia. Por falta de preparação prévia não espera aprender muito com ele, mas distrai-se lendo que na terra há quase um milhão de espécies de insectos e que estes se dividem em duas ordens, a dos pterigotos, que são providos de asas, e os apterigotos, que não as têm, e que se classificam em ortópteros, como o gafanhoto, blatóideos, como a barata, mantídeos, como o louva-a-deus, nevrópteros, como a crisopa, odonatos, como a libélula, efemerópteros, como o efémero, tricópteros, como o frigano, isópteros, como a térmita, afanípteros, como a pulga, anopluros, como o piolho, malófagos, como o piolhinho das aves, heterópteros, como o percevejo, homópteros, como o pulgão, dípteros, como a mosca, himenópteros, como a vespa, lepidópteros, como a caveira, coleópteros, como o escaravelho, e, finalmente, tisanuros, como o peixe-de-prata. Conforme se pode ver na imagem que vem no livro, a caveira é uma borboleta, e o seu nome latino é acherontia atropos. É nocturna, ostenta na parte dorsal do tórax um desenho semelhante a uma caveira humana, alcança doze centímetros de envergadura e é de coloração escura, com as asas posteriores amarelas e negras. E chamam-lhe atropos, isto é, morte. O músico não sabe, e não poderia imaginá-lo nunca, que a morte olha, fascinada, por cima do seu ombro, a fotografia a cores da borboleta. Fascinada e também confundida.

Recordemos que a parca encarregada de tratar da passagem da vida dos insectos à sua não-vida, ou seja, matá-los, é outra, não é esta, e que, embora em muitos casos o modus operandi seja o mesmo para ambas, as excepções também são numerosas, basta dizer que os insectos não morrem por causas tão comuns na espécie humana como são, por exemplo, a pneumonia, a tuberculose, o cancro, a síndroma da imunodeficiência adquirida, vulgarmente conhecida por sida, os acidentes de viação ou as afecções cardiovasculares. Até aqui, qualquer pessoa entenderia. O que custa mais a perceber, o que está a confundir esta morte que continua a olhar por cima do ombro do violoncelista é que uma caveira humana, desenhada com extraordinária precisão, tenha aparecido, não se sabe em que época da criação, no lombo peludo de uma borboleta. É certo que no corpo humano também aparecem por vezes umas borboletazitas, mas isso nunca passou de um artifício elementar, são simples tatuagens, não vieram com a pessoa ao nascer. Provavelmente, pensa a morte, houve um tempo em que todos os seres vivos eram uma cousa só, mas depois, a pouco e pouco, com a especialização, acharam-se divididos em cinco reinos, a saber, as móneras, os protistos, os fungos, as plantas e os animais, em cujo interior, aos reinos nos referimos, infindas macrospecializações e microspecializações se sucederam ao longo das eras, não sendo portanto nada de estranhar que, em meio de tal confusão, de tal atropelo biológico, algumas particularidades de uns tivessem aparecido repetidas noutros. Isso explicaria, por exemplo, não só a inquietante presença de uma caveira branca no dorso desta borboleta acherontia atropos, que, curiosamente, além da morte, tem no seu nome o nome de um rio do inferno, como também as não menos inquietantes semelhanças da raiz da mandrágora com o corpo humano. Não sabe uma pessoa o que pensar diante de tanta maravilha da natureza, diante de assombros tão sublimes. Porém, os pensamentos da morte, que continua a olhar fixamente por cima do ombro do violoncelista, tomaram já outro caminho. Agora está triste porque compara o que haveria sido utilizar as borboletas da caveira como mensageiras de morte em lugar daquelas estúpidas cartas de cor violeta que ao princípio lhe tinham parecido a mais genial das ideias. A uma borboleta destas nunca lhe ocorreria a ideia de voltar para trás, leva marcada a sua obrigação nas costas, foi para isso que nasceu. Além disso, o efeito espectacular seria totalmente diferente, em lugar de um vulgar carteiro que nos vem entregar uma carta, veríamos doze centímetros de borboleta adejando sobre as nossas cabeças, o anjo da escuridão exibindo as suas asas negras e amarelas, e de repente, depois de rasar o chão e traçar o círculo de onde já não sairemos, ascender verticalmente diante de nós e colocar a sua caveira diante da nossa. É mais do que evidente que não regatearíamos aplausos à acrobacia. Por aqui se vê como a morte que leva a seu cargo os seres humanos ainda tem muito que aprender. Claro que, como bem sabemos, as borboletas não se encontram sob a sua jurisdição. Nem elas, nem todas as outras espécies animais, praticamente infinitas. Teria de negociar um acordo com a colega do departamento zoológico, aquela que tem à sua responsabilidade a administração daqueles produtos naturais, pedir-lhe emprestadas umas quantas borboletas acherontia atropos, embora o mais provável, lamentavelmente, tendo em conta a abissal diferença de extensão dos respectivos territórios e das populações correspondentes, seria responder-lhe a referida colega com um soberbo, malcriado e peremptório não, para que aprendamos que a falta de camaradagem não é uma palavra vã, até mesmo na gerência da morte. Pense-se só naquele milhão de espécies de insectos de que falava o manual de entomologia elementar, imagine-se, se tal é possível, o número de indivíduos existentes em cada uma, e digam-me cá se não se encontrariam mais bichinhos desses na terra que de estrelas tem o céu, ou o espaço sideral, se preferirmos dar um nome poético à convulsa realidade do universo em que somos um fiozinho de merda a ponto de se dissolver. A morte dos humanos, neste momento uma ridicularia de sete mil milhões de homens e mulheres bastante mal distribuídos pelos cinco continentes, é uma morte secundária, subalterna, ela própria tem perfeita consciência do seu lugar na escala hierárquica de tânatos, como teve a honradez de reconhecer na carta enviada ao jornal que lhe havia escrito o nome com inicial maiúscula. No entanto, sendo a porta dos sonhos tão fácil de abrir, tão ao jeito de qualquer que nem impostos nos exigem pelo consumo, a morte, esta que já deixou de olhar por cima do ombro do violoncelista, compraz-se a imaginar o que seria ter às suas ordens um batalhão de borboletas alinhadas em cima da mesa, ela fazendo a chamada uma a uma e dando as instruções, vais a tal lado, procuras tal pessoa, pões-lhe diante a caveira e voltas aqui. Então o músico julgaria que a sua borboleta acherontia atropos havia levantado voo da página aberta, seria esse o seu último pensamento e a última imagem que levaria agarrada à retina, nenhuma mulher gorda vestida de preto a anunciar-lhe a morte, como se diz que viu marcel proust, nenhum mastronço embrulhado num lençol branco, como afirmam os moribundos de vista penetrante. Uma borboleta, nada mais que o suave ruge-ruge das asas de seda de uma borboleta grande e escura com uma pinta branca que parece uma caveira.

O violoncelista olhou o relógio e viu que eram mais do que horas de almoço. O cão, que já levava dez minutos a pensar o mesmo, tinha-se sentado ao lado do dono e, apoiando a cabeça no joelho dele, esperava pacientemente que regressasse ao mundo. Não longe dali havia um pequeno restaurante que fornecia sanduíches e outras minudências alimentícias de natureza semelhante. Sempre que vinha a este parque pela manhã, o violoncelista era cliente e não variava na encomenda que fazia. Duas sanduíches de atum com maionese e um copo de vinho para si, uma sanduíche de carne mal passada para o cão. Se o tempo estava agradável, como hoje, sentavam-se no chão, à sombra de uma árvore, e, enquanto comiam, conversavam. O cão guardava sempre o melhor para o fim, começava por despachar as fatias de pão e só depois é que se entregava aos prazeres da carne, mastigando sem pressa, conscientemente, saboreando os sucos. Distraído, o violoncelista comia como calhava, pensava na suite em ré maior de bach, no prelúdio, uma certa passagem levada dos diabos em que lhe acontecia deter-se algumas vezes, hesitar, duvidar, que é o pior que pode suceder na vida a um músico. Depois de acabarem de comer, estenderam-se um ao lado do outro, o violoncelista dormitou um pouco, o cão já estava a dormir um minuto antes. Quando acordaram e voltaram para casa, a morte foi com eles. Enquanto o cão corria ao quintal para descarregar a tripa, o violoncelista pôs a suite de bach no atril, abriu-a na passagem escabrosa, um pianíssimo absolutamente diabólico, e a implacável hesitação repetiu-se. A morte teve pena dele, Coitado, o pior é que não vai ter tempo para conseguir, aliás, nunca o têm, mesmo os que chegaram perto sempre ficaram longe. Então, pela primeira vez, a morte reparou que em toda a casa não havia um único retrato de mulher, salvo de uma senhora de idade que tinha todo o ar de ser a mãe e que estava acompanhada por um homem que devia ser o pai.

Tenho um grande favor a pedir-te, disse a morte. Como sempre, a gadanha não respondeu, o único sinal de ter ouvido foi um estremecimento pouco mais que perceptível, uma expressão geral de desconcerto físico, posto que jamais haviam saído daquela boca semelhantes palavras, pedir um favor, e ainda por cima grande. Vou ter de estar fora durante uma semana, continuou a morte, e necessito que durante esse tempo me substituas no despacho das cartas, evidentemente não te estou a pedir que as escrevas, apenas que as envies, só terás de emitir uma espécie de ordem mental e fazer vibrar um poucochinho a tua lâmina por dentro, assim como um sentimento, uma emoção, qualquer cousa que mostre que estás viva, isso bastará para que as cartas sigam para o seu destino. A gadanha manteve-se calada, mas o silêncio equivalia a uma pergunta. É que não posso estar sempre a entrar e a sair para tratar do correio, disse a morte, tenho de me concentrar totalmente na resolução do problema do violoncelista, descobrir a maneira de lhe entregar a maldita carta. A gadanha esperava. A morte prosseguiu, A minha ideia é esta, escrevo de uma assentada todas as cartas referentes à semana em que estarei ausente, procedimento que me permito a mim mesma usar considerando o carácter excepcional da situação, e, tal como já disse, tu só terás de as enviar, nem precisarás de sair de onde estás, aí encostada à parede, repara que estou a ser simpática, peço-te um favor de amiga quando poderia muito bem, sem contemplações, dar-te uma simples ordem, o facto de nos últimos tempos ter deixado de me aproveitar de ti não significa que não continues ao meu serviço. O silêncio resignado da gadanha confirmava que assim era. Então estamos de acordo, concluiu a morte, dedicarei este dia a escrever as cartas, calculo que venham a ser umas duas mil e quinhentas, imagina só, tenho a certeza de que chegarei ao fim do trabalho com o pulso aberto, deixo-tas arrumadas em cima da mesa, em grupos separados, da esquerda para a direita, não te equivoques, da esquerda para a direita, repara bem, desde aqui até aqui, arranjar-me-ias outra complicação dos diabos se as pessoas recebessem fora de tempo as suas notificações, quer para mais, quer para menos. Diz-se que quem cala, consente. A gadanha havia calado, portanto tinha consentido. Envolvida no seu lençol, com o capuz atirado para trás a fim de desafogar a visão, a morte sentou-se a trabalhar. Escreveu, escreveu, passaram as horas e ela a escrever, e eram as cartas, e eram os sobrescritos, e era dobrá-las, e era fechá-los, perguntar-se-á como o conseguia se não tem língua nem de onde lhe venha a saliva, isso, meus caros senhores, foi nos felizes tempos do artesanato, quando ainda vivíamos nas cavernas de uma modernidade que mal começava a despontar, agora os sobrescritos são dos chamados autocolantes, retira-se-lhes a tirinha de papel, e já está, dos múltiplos empregos que a língua tinha, pode dizer-se que este passou à história. A morte só não chegou ao fim com o pulso aberto depois de tão grande esforço porque, em verdade, aberto já ela o tem desde sempre. São modos de falar que se nos pegam à linguagem, continuamos a usá-los mesmo depois de se terem desviado há muito do sentido original, e não nos damos conta de que, por exemplo, no caso desta nossa morte que por aqui tem andado em figura de esqueleto, o pulso já lhe veio aberto de nascença, basta ver a radiografia. O gesto de despedida fez desaparecer no hiperespaço os duzentos e oitenta e tal sobrescritos de hoje, porquanto será só a partir de amanhã que a gadanha principiará a desempenhar as funções de expedidora postal que acabavam de ser-lhe confiadas. Sem pronunciar uma palavra, nem adeus, nem até logo, a morte levantou-se da cadeira, dirigiu-se à única porta existente na sala, aquela portazinha estreita a que tantas vezes nos referimos sem a menor ideia de qual pudesse ser a sua serventia, abriu-a, entrou e tornou a fechá-la atrás de si. A emoção fez com que a gadanha experimentasse ao longo da lâmina, até ao bico, até à ponta extrema, uma fortíssima vibração. Nunca, de memória de gadanha, aquela porta havia sido utilizada.

As horas passaram, todas as que foram necessárias para que o sol nascesse lá fora, não aqui nesta sala branca e fria, onde as pálidas lâmpadas, sempre acesas, pareciam ter sido postas ali para espantar as sombras a um morto que tivesse medo da escuridão. Ainda é cedo para que a gadanha emita a ordem mental que fará desaparecer da sala o segundo monte de cartas, poderá, portanto, dormir um pouco mais. Isto é o que costumam dizer os insones que não pregaram olho em toda a noite, mas que, pobres deles, julgam ser capazes de iludir o sono só porque lhe pedem um pouco mais, apenas um pouco mais, eles a quem nem um minuto de repouso lhes havia sido concedido. Sozinha, durante todas aquelas horas, a gadanha procurou uma explicação para o insólito facto de a morte ter saído por uma porta cega que, desde o momento em que a tinham colocado ali, parecia condenada para o fim dos tempos. Por fim desistiu de dar voltas à cabeça, mais tarde ou mais cedo terá de acabar por saber o que está a passar-se ali atrás, pois é praticamente impossível que haja segredos entre a morte e a gadanha como também os não há entre a foice e a mão que a empunha. Não teve de esperar muito. Meia hora teria passado num relógio quando a porta se abriu e uma mulher apareceu no limiar. A gadanha tinha ouvido dizer que isto podia acontecer, transformar-se a morte em um ser humano, de preferência mulher por essa cousa dos géneros, mas pensava que se tratava de uma historieta, de um mito, de uma lenda como tantas e tantas outras, por exemplo, a fénix renascida das suas próprias cinzas, o homem da lua carregando com um molho de lenha às costas por ter trabalhado em dia santo, o barão de münchhausen que, puxando pelos seus próprios cabelos, se salvou de morrer afogado num pântano e ao cavalo que montava, o drácula da transilvânia que não morre por mais que o matem, a não ser que lhe cravem uma estaca no coração, e mesmo assim não falta quem duvide, a famosa pedra, na antiga irlanda, que gritava quando o rei verdadeiro lhe tocava, a fonte do epiro que apagava os archotes acesos e inflamava os apagados, as mulheres que deixavam escorrer o sangue da menstruação pelos campos cultivados para aumentar a fertilidade da sementeira, as formigas do tamanho de cães, os cães do tamanho de formigas, a ressurreição no terceiro dia porque não tinha podido ser no segundo. Estás muito bonita, comentou a gadanha, e era verdade, a morte estava muito bonita e era jovem, teria trinta e seis ou trinta e sete anos como haviam calculado os antropólogos, Falaste, finalmente, exclamou a morte, Pareceu-me haver um bom motivo, não é todos os dias que se vê a morte transformada num exemplar da espécie de quem é inimiga, Quer dizer que não foi por me teres achado bonita, Também, também, mas igualmente teria falado se me tivesses aparecido na figura de uma mulher gorda vestida de preto como a monsieur marcel proust, Não sou gorda nem estou vestida de preto, e tu não tens nenhuma ideia de quem foi marcel proust, Por razões óbvias, as gadanhas, tanto esta de ceifar gente como as outras, vulgares, de ceifar erva, nunca puderam aprender a ler, mas todas fomos dotadas de boa memória, elas da seiva, eu do sangue, ouvi dizer algumas vezes por aí o nome de proust e liguei os factos, foi um grande escritor, um dos maiores que jamais existiram, e o verbete dele deverá estar nos antigos arquivos, Sim, mas não nos meus, não fui eu a morte que o matou, Não era então deste país o tal monsieur marcel proust, perguntou a gadanha, Não, era de um outro, de um que se chama frança, respondeu a morte, e notava-se um certo tom de tristeza nas suas palavras, Que te console do desgosto de não teres sido tu a matá-lo o bonita que te vejo, benza-te deus, ajudou a gadanha, Sempre te considerei uma amiga, mas o meu desgosto não vem de não o ter matado eu, Então, Não saberia explicar. A gadanha olhou a morte com estranheza e achou preferível mudar de assunto, Aonde foste encontrar o que levas posto, perguntou, Há muito por onde escolher atrás daquela porta, aquilo é como um armazém, como um enorme guarda-roupa de teatro, são centenas de armários, centenas de manequins, milhares de cabides, Levas-me lá, pediu a gadanha, Seria inútil, não entendes nada de modas nem de estilos, À simples vista não me parece que tu entendas muito mais, não creio que as diferentes partes do que vestes joguem bem umas com outras, Como nunca sais desta sala, ignoras o que se usa nos dias de hoje, Pois dir-te-ei que essa blusa se parece muito a outras que recordo de quando levava uma vida activa, As modas são rotativas, vão e voltam, voltam e vão, se eu te contasse o que vejo por essas ruas, Acredito sem que tenhas de mo dizer, Não achas que a blusa acerta bem com a cor das calças e dos sapatos, Creio que sim, concedeu a gadanha, E com este gorro que levo na cabeça, Também, E com este casaco de pele, Também, E com esta bolsa ao ombro, Não digo que não, E com estes brincos nas orelhas, Rendo-me, Estou irresistível, confessa, Depende do tipo de homem a quem queiras seduzir, Em todo o caso parece-te mesmo que vou bonita, Fui eu quem o disse em primeiro lugar, Sendo assim, adeus, estarei de regresso no domingo, o mais tardar na segunda-feira, não te esqueças de despachar o correio de cada dia, suponho que não será demasiado trabalho para quem passa o seu tempo encostado à parede, Levas a carta, perguntou a gadanha, que decidira não reagir à ironia, Levo, vai aqui dentro, respondeu a morte, tocando a bolsa com as pontas de uns dedos finos, bem tratados, que a qualquer um apeteceria beijar.

A morte apareceu à luz do dia numa rua estreita, com muros de um lado e do outro, já quase fora da cidade. Não se vê qualquer porta ou portão por onde possa ter saído, também não se percebe nenhum indício que nos permita reconstituir o caminho que desde a fria sala subterrânea a trouxe até aqui. O sol não molesta órbitas vazias, por isso os crânios resgatados nas escavações arqueológicas não têm necessidade de baixar as pálpebras quando a luz súbita lhes bate na cara e o feliz antropólogo anuncia que o seu achado ósseo tem todo o aspecto de ser um neanderthal, embora um exame posterior venha a demonstrar que afinal se trata de um vulgar homo sapiens. A morte, porém, esta que se fez mulher, tira da bolsa uns óculos escuros e com eles defende os seus olhos agora humanos dos perigos de uma oftalmia mais do que provável em quem ainda terá de habituar-se às refulgências de uma manhã de verão. A morte desce a rua até onde os muros terminam e os primeiros prédios se levantam. A partir daí encontra-se em terreno conhecido, não há uma só casa destas e de todas quantas se estendem diante dos seus olhos até aos limites da cidade e do país em que não tenha estado alguma vez, e até mesmo naquela obra em construção terá de entrar daqui a duas semanas para empurrar de um andaime um pedreiro distraído que não reparará onde vai pôr o pé. Em casos como estes é nosso costume dizer que assim é a vida, quando muito mais exactos seríamos se disséssemos que assim é a morte. A esta rapariga de óculos escuros que está entrando num táxi não lhe daríamos nós tal nome, provavelmente acharíamos que seria a própria vida em pessoa e correríamos ofegantes atrás dela, ordenaríamos ao condutor doutro táxi, se o houvesse, Siga aquele carro, e seria inútil porque o táxi que a leva já virou a esquina e não há aqui outro ao qual pudéssemos suplicar, Por favor, siga aquele carro. Agora, sim, já tem todo o sentido dizermos que é assim a vida e encolher resignados os ombros. Seja como for, e que isso nos sirva ao menos de consolação, a carta que a morte leva na sua bolsa tem o nome de outro destinatário e outro endereço, a nossa vez de cair do andaime ainda não chegou. Ao contrário do que poderia razoavelmente prever-se, a morte não deu ao motorista do táxi a direcção do violoncelista, mas sim a do teatro em que ele toca. É certo que decidira apostar pelo seguro depois dos sucessivos desaires sofridos, mas não havia sido por uma mera casualidade que tinha começado por se transformar em mulher, ou, como um espírito gramático poderia também ser levado a pensar, por aquilo dos géneros que havíamos sugerido antes, ambos eles, neste caso, da mulher e da morte, femininos. Apesar da sua absoluta falta de experiência do mundo exterior, particularmente no capítulo dos sentimentos, apetites e tentações, a gadanha havia acertado em cheio no alvo quando, em certa altura da conversa com a morte, se perguntou sobre o tipo do homem a quem ela pretendia seduzir. Esta era a palavra-chave, seduzir. A morte poderia ter ido directamente a casa do violoncelista, tocar-lhe à campainha e, quando ele abrisse a porta, lançar-lhe o primeiro engodo de um sorriso mavioso depois de tirar os óculos escuros, anunciar-se, por exemplo, como vendedora de enciclopédias, pretexto arquiconhecido, mas de resultados quase sempre seguros, e então de duas, uma, ou ele a mandaria entrar para tratarem do assunto tranquilamente diante de uma chávena de chá, ou ele lhe diria logo ali que não estava interessado e fazia o gesto de fechar a porta, ao mesmo tempo que delicadamente pedia desculpa pela recusa, Ainda se fosse uma enciclopédia musical, justificaria com um sorriso tímido. Em qualquer das situações a entrega da carta seria fácil, digamos mesmo que ultrajantemente fácil, e isto era o que não agradava à morte. O homem não a conhecia a ela, mas ela conhecia o homem, passara uma noite no mesmo quarto que ele, ouvira-o tocar, cousas que, quer se queira, quer não, criam laços, estabelecem uma harmonia, desenham um princípio de relações, dizer-lhe de chofre, Vai morrer, tem oito dias para vender o violoncelo e encontrar outro dono para o cão, seria uma brutalidade imprópria da mulher bem-parecida em que se havia tornado. O seu plano é outro.

No cartaz exposto à entrada do teatro informava-se o respeitável público de que nessa semana se dariam dois concertos da orquestra sinfónica nacional, um na quinta-feira, isto é, depois de amanhã, outro no sábado. É natural que a curiosidade de quem vem seguindo este relato com escrupulosa e miudinha atenção, à cata de contradições, deslizes, omissões e faltas de lógica, exija que lhe expliquem com que dinheiro vai a morte pagar a entrada para os concertos se há menos de duas horas acabou de sair de uma sala subterrânea onde não consta que existam caixas automáticas nem bancos de porta aberta. E, já que se encontra em maré de perguntar, também há-de querer que lhe digam se os motoristas de táxi passaram a não cobrar o devido às mulheres que levam óculos escuros e têm um sorriso agradável e um corpo bem feito. Ora, antes que a mal intencionada suposição comece a lançar raízes, apressamo-nos a esclarecer que a morte não só pagou o que o taxímetro marcava como não se esqueceu de lhe juntar uma gorjeta. Quanto à proveniência do dinheiro, se essa continua a ser a preocupação do leitor, bastará dizer que saiu donde já tinham saído os óculos escuros, isto é, da bolsa ao ombro, uma vez que, em princípio, e que se saiba, nada se opõe a que de onde saiu uma cousa não possa sair outra. O que, sim, poderia acontecer, era que o dinheiro com que a morte pagou a viagem de táxi e haverá de pagar as duas entradas para os concertos, além do hotel onde ficará hospedada nos próximos dias, se encontrasse fora de circulação. Não seria a primeira vez que iríamos para a cama com uma moeda e nos levantaríamos com outra. É de presumir, portanto, que o dinheiro seja de boa qualidade e esteja coberto pelas leis em vigor, a não ser que, conhecidos como são os talentos mistificadores da morte, o motorista do táxi, sem se dar conta de que estava a ser ludibriado, tenha recebido da mulher dos óculos escuros uma nota de banco que não é deste mundo ou, pelo menos, não desta época, com o retrato de um presidente da república em lugar da veneranda e familiar face de sua majestade o rei. A bilheteira do teatro acabou de abrir agora mesmo, a morte entra, sorri, dá os bons-dias e pede dois camarotes de primeira ordem, um para quinta-feira, outro para sábado.

Insiste com a empregada que pretende o mesmo camarote para ambas as funções e que, questão fundamental, esteja situado no lado direito do palco e o mais próximo possível dele. A morte meteu a mão ao acaso na bolsa, tirou a carteira das notas e entregou as que lhe pareceram necessárias. A empregada devolveu o troco, Aqui está, disse, espero que vá gostar dos nossos concertos, suponho que é a primeira vez, pelo menos não me lembro de a ter visto por aqui, e olhe que tenho uma excelente memória para fisionomias, nenhuma me escapa, também é certo que os óculos alteram muito a cara da gente, sobretudo se são escuros como os seus. A morte tirou os óculos, E agora que lhe parece, perguntou, Tenho a certeza de nunca a ter visto antes, Talvez porque a pessoa que tem diante de si, esta que sou agora, nunca tivesse precisado de comprar entradas para um concerto, ainda há poucos dias tive a satisfação de assistir a um ensaio da orquestra e ninguém deu pela minha presença, Não compreendo, Lembre-me para que lho explique um dia, Quando, Um dia, o dia, aquele que sempre chega, Não me assuste. A morte sorriu o seu lindo sorriso e perguntou, Falando francamente, acha que tenho um aspecto que meta medo a alguém, Que ideia, não foi isso o que quis dizer, Então faça como eu, sorria e pense em cousas agradáveis, A temporada de concertos ainda durará um mês, Ora aí está uma boa notícia, talvez nos voltemos a ver na próxima semana, Estou sempre aqui, já sou quase um móvel do teatro, Descanse, encontrá-la-ia ainda que aqui não estivesse, Então cá fico à sua espera, Não faltarei. A morte fez uma pausa e perguntou, A propósito, recebeu, ou alguém da sua família, a carta de cor violeta, A da morte, Sim, a da morte, Graças a deus, não, mas os oito dias de um vizinho meu cumprem-se amanhã, o pobrezinho está num desespero que dá pena, Que lhe havemos de fazer, a vida é assim, Tem razão, suspirou a empregada, a vida é assim. Felizmente outras pessoas haviam chegado para comprar entradas, de outro modo não se sabe aonde esta conversação poderia ter levado.

Agora trata-se de encontrar um hotel que não esteja muito longe da casa do músico. A morte desceu andando para o centro, entrou numa agência de viagens, pediu que a deixassem consultar um mapa da cidade, situou rapidamente o teatro, daí o seu dedo indicador viajou sobre o papel para o bairro onde o violoncelista vivia. A zona estava um tanto afastada, mas havia hotéis nas redondezas. O empregado sugeriu-lhe um deles, sem luxo, mas confortável. Ele próprio se ofereceu para fazer a reserva pelo telefone e quando a morte lhe perguntou quanto devia pelo trabalho respondeu, sorrindo, Ponha na minha conta. É o costume, as pessoas dizem cousas à toa, lançam palavras à aventura e não lhes passa pela cabeça deter-se a pensar nas consequências, Ponha na minha conta, disse o homem, imaginando provavelmente, com a incorrigível fatuidade masculina, algum aprazível encontro em futuros próximos. Arriscou-se a que a morte lhe respondesse com um olhar frio, Tenha cuidado, não sabe com quem está a falar, mas ela apenas sorriu vagamente, agradeceu e saiu sem deixar número do telefone nem cartão-de-visita. No ar ficou um difuso perfume em que se misturavam a rosa e o crisântemo, De facto, é o que parece, metade rosa e metade crisântemo, murmurou o empregado, enquanto dobrava lentamente o mapa da cidade. Na rua, a morte mandava parar um táxi e dava ao condutor a direcção do hotel. Não se sentia satisfeita consigo mesma. Assustara a amável senhora da bilheteira, divertira-se à sua custa, e isso tinha sido um abuso sem perdão. As pessoas já têm suficiente medo da morte para necessitarem que ela lhes apareça com um sorriso a dizer, Olá, sou eu, que é a versão corrente, por assim dizer familiar, do ominoso latim memento, homo, quia pulvis es et in pulverem reverteris, e logo depois, como se fosse pouco, havia estado a ponto de atirar a uma pessoa simpática que lhe estava fazendo um favor aquela estúpida pergunta com que as classes sociais chamadas superiores têm a descarada sobranceria de provocar as que estão por baixo, Você sabe com quem está a falar. Não, a morte não está contente com o seu procedimento. Tem a certeza de que no estado de esqueleto nunca lhe teria ocorrido portar-se desta maneira, Se calhar foi por ter tomado figura humana, estas cousas devem pegar-se, pensou. Casualmente olhou pela janela do táxi e reconheceu a rua em que passavam, é aqui que o violoncelista mora e aquele é o rés-do--chão em que vive. À morte pareceu-lhe sentir um brusco aperto no plexo solar, uma agitação súbita dos nervos, podia ser o frémito do caçador ao avistar a presa, quando a tem na mira da espingarda, podia ser uma espécie de obscuro temor, como se começasse a ter medo de si mesma. O táxi parou, O hotel é este, disse o condutor. A morte pagou com os trocos que a empregada do teatro lhe devolvera, Fique com o resto, disse, sem reparar que o resto era superior ao que o taxímetro marcava. Tinha desculpa, só hoje é que havia começado a utilizar os serviços deste transporte público.

Ao aproximar-se do balcão da recepção lembrou-se de que o empregado da agência de viagens não lhe tinha perguntado como se chamava, limitara-se a avisar o hotel, Vou-lhes mandar uma cliente, sim, uma cliente, agora mesmo, e ela ali estava, esta cliente que não poderia dizer que se chamava morte, com letra pequena, por favor, que não sabia que nome dar, ah, a bolsa, a bolsa que traz ao ombro, a bolsa donde saíram os óculos escuros e o dinheiro, a bolsa donde vai ter de sair um documento de identificação, Boas tardes, em que posso servi-la, perguntou o recepcionista, Telefonaram de uma agência de viagens há um quarto de hora a fazer uma reserva para mim, Sim, minha senhora, fui eu que atendi, Pois aqui estou, Queira preencher esta ficha, por favor. Agora a morte já sabe o nome que tem, disse-lho o documento de identificação aberto sobre o balcão, graças aos óculos escuros poderá copiar discretamente os dados sem que o recepcionista se dê conta, um nome, uma data do nascimento, uma naturalidade, um estado civil, uma profissão, Aqui está, disse, Quantos dias ficará no nosso hotel, Tenciono sair na próxima segunda-feira, Permite--me que fotocopie o seu cartão de crédito, Não o trouxe comigo, mas posso pagar já, adiantado, se quiser, Ah, não, não é necessário, disse o recepcionista. Pegou no documento de identificação para conferir os dados passados para a ficha e, com uma expressão de estranheza na cara, levantou o olhar. O retrato que o documento exibia era de uma mulher mais velha. A morte tirou os óculos escuros e sorriu. Perplexo, o recepcionista olhou novamente o documento, o retrato e a mulher que estava na sua frente eram agora como duas gotas de água, iguais. Tem bagagem, perguntou enquanto passava a mão pela testa húmida, Não, vim à cidade fazer compras, respondeu a morte.

Permaneceu no quarto durante todo o dia, almoçou e jantou no hotel. Viu televisão até tarde. Depois meteu-se na cama e apagou a luz. Não dormiu. A morte nunca dorme.

Com o seu vestido novo comprado ontem numa loja do centro, a morte assiste ao concerto. Está sentada, sozinha, no camarote de primeira ordem, e, como havia feito durante o ensaio, olha o violoncelista. Antes que as luzes da sala tivessem sido baixadas, quando a orquestra esperava a entrada do maestro, ele reparou naquela mulher. Não foi o único dos músicos a dar pela sua presença. Em primeiro lugar porque ela ocupava sozinha o camarote, o que, não sendo caso raro, tão-pouco é frequente. Em segundo lugar porque era bonita, porventura não a mais bonita entre a assistência feminina, mas bonita de um modo indefinível, particular, não explicável por palavras, como um verso cujo sentido último, se é que tal cousa existe num verso, continuamente escapa ao tradutor. E finalmente porque a sua figura isolada, ali no camarote, rodeada de vazio e ausência por todos os lados, como se habitasse um nada, parecia ser a expressão da solidão mais absoluta. A morte, que tanto e tão perigosamente havia sorrido desde que saiu do seu gelado subterrâneo, não sorri agora. Do público, os homens tinham-na observado com dúbia curiosidade, as mulheres com zelosa inquietação, mas ela, como uma águia descendo rápida sobre o cordeiro, só tem olhos para o violoncelista. Com uma diferença, porém. No olhar desta outra águia que sempre apanhou as suas vítimas há algo como um ténue véu de piedade, as águias, já o sabemos, estão obrigadas a matar, assim lho impõe a sua natureza, mas esta aqui, neste instante, talvez preferisse, perante o cordeiro indefeso, abrir num repente as poderosas asas e voar de novo para as alturas, para o frio ar do espaço, para os inalcançáveis rebanhos das nuvens. A orquestra calou-se. O violoncelista começa a tocar o seu solo como se só para isso tivesse nascido. Não sabe que aquela mulher do camarote guarda na sua recém-estreada malinha de mão uma carta de cor violeta de que ele é destinatário, não o sabe, não poderia sabê-lo, e apesar disso toca como se estivesse a despedir-se do mundo, a dizer por fim tudo quanto havia calado, os sonhos truncados, os anseios frustrados, a vida, enfim. Os outros músicos olham-no com assombro, o maestro com surpresa e respeito, o público suspira, estremece, o véu de piedade que nublava o olhar agudo da águia é agora uma lágrima. O solo terminou já, a orquestra, como um grande e lento mar, avançou e submergiu suavemente o canto do violoncelo, absorveu-o, ampliou-o como se quisesse conduzi-lo a um lugar onde a música se sublimasse em silêncio, a sombra de uma vibração que fosse percorrendo a pele como a última e inaudível ressonância de um timbale aflorado por uma borboleta. O voo sedoso e malévolo da acherontia atropos perpassou rápido pela memória da morte, mas ela afastou-o com um gesto de mão que tanto se parecia àquele que fazia desaparecer as cartas de cima da mesa na sala subterrânea como a um aceno de agradecimento para o violoncelista que agora voltava a cabeça na sua direcção, abrindo caminho aos olhos na obscuridade cálida da sala. A morte repetiu o gesto e foi como se os seus finos dedos tivessem ido pousar-se sobre a mão que movia o arco. Apesar de o coração ter feito tudo quanto podia para que tal sucedesse, o violoncelista não errou a nota. Os dedos não tornariam a tocar--lhe, a morte tinha compreendido que não se deve nunca distrair o artista na sua arte. Quando o concerto terminou e o público rompeu em aclamações, quando as luzes se acenderam e o maestro mandou levantar a orquestra, e depois quando fez sinal ao violoncelista para que se levantasse, ele só, a fim de receber o quinhão de aplausos que por merecimento lhe cabia, a morte, de pé no camarote, sorrindo enfim, cruzou as mãos sobre o peito, em silêncio, e olhou, nada mais, os outros que batessem palmas, os outros que soltassem gritos, os outros que reclamassem dez vezes o maestro, ela só olhava. Depois, lentamente, como a contragosto, o público começou a sair, ao mesmo tempo que a orquestra se retirava. Quando o violoncelista se virou para o camarote, ela, a mulher, já não estava. Assim é a vida, murmurou.

Enganava-se, a vida não é assim sempre, a mulher do camarote estará à sua espera na porta dos artistas. Alguns dos músicos que vão saindo olham-na com intenção, mas percebem, sem saber como, que ela está defendida por uma cerca invisível, por um circuito de alta voltagem em que se queimariam como minúsculas borboletas nocturnas. Então, apareceu o violoncelista. Ao vê-la, estacou, chegou mesmo a esboçar um movimento de recuo, como se, vista de perto, a mulher fosse outra cousa que mulher, algo de outra esfera, de outro mundo, da face oculta da lua. Baixou a cabeça, tentou juntar-se aos colegas que saíam, fugir, mas a caixa do violoncelo, suspensa de um dos seus ombros, dificultou-lhe a manobra de esquiva. A mulher estava diante dele, dizia-lhe, Não me fuja, só vim para lhe agradecer a emoção e o prazer de tê-lo ouvido, Muito obrigado, mas eu sou apenas músico de orquestra, não um concertista famoso, daqueles que os admiradores esperam durante uma hora só para lhe tocarem ou pedirem um autógrafo, Se a questão é essa, eu também lho poderei pedir, não trouxe comigo o álbum de autógrafos, mas tenho aqui um sobrescrito que poderá servir perfeitamente, Não me entendeu, o que quis dizer é que, embora lisonjeado pela sua atenção, não me sinto merecedor dela, O público não parece ter sido da mesma opinião, São dias, Exactamente, são dias, e, por coincidência, é este o dia em que eu lhe apareço, Não quereria que visse em mim uma pessoa ingrata, mal-educada, mas o mais provável é que amanhã já lhe tenha passado o resto da emoção de hoje, e, assim como me apareceu, desaparecerá, Não me conhece, sou muito firme nos meus propósitos, E quais são eles, Um só, conhecê-lo a si, Já me conheceu, agora podemos dizer-nos adeus, Tem medo de mim, perguntou a morte, Inquieta-me, nada mais, E é pouca cousa sentir-se inquieto na minha presença, Inquietar-se não significa forçosamente ter medo, poderá ser apenas o alerta da prudência, A prudência só serve para adiar o inevitável, mais cedo ou mais tarde acaba por se render, Espero que não seja o meu caso, E eu tenho a certeza de que o será. O músico passou a caixa do violoncelo de um ombro para outro, Está cansado, perguntou a mulher, Um violoncelo não pesa muito, o pior é a caixa, sobretudo esta, que é das antigas, Necessito falar consigo, Não vejo como, é quase meia-noite, toda a gente se foi embora, Ainda estão ali algumas pessoas, Essas estão à espera do maestro, Conversaríamos num bar, Está a ver-me a entrar com um violoncelo às costas num sítio abarrotado de gente, sorriu o músico, imagine que os meus colegas iam todos lá e levavam os instrumentos, Poderíamos dar outro concerto, Poderíamos, perguntou o músico, intrigado pelo plural, Sim, houve um tempo em que toquei violino, há mesmo retratos meus em que apareço assim, Parece ter decidido surpreender-me com cada palavra que diz, Está na sua mão saber até que ponto ainda serei capaz de surpreendê-lo, Não se pode ser mais explícita, Engano seu, não me referia àquilo em que pensou, E em que pensei eu, se se pode saber, Numa cama, e em mim nessa cama, Desculpe, A culpa foi minha, se eu fosse homem e tivesse ouvido as palavras que lhe disse a si, certamente teria pensado o mesmo, a ambiguidade paga-se, Agradeço-lhe a franqueza. A mulher deu uns passos e disse, Vamos lá, Aonde, perguntou o violoncelista, Eu, ao hotel onde estou hospedada, você, imagino que a sua casa, Não a tornarei a ver, Já lhe passou a inquietação, Nunca estive inquieto, Não minta, De acordo, estive-o, mas já não estou agora. Na cara da morte apareceu uma espécie de sorriso em que não havia a sombra de uma alegria, Precisamente quando mais motivos deveria ter, disse, Arrisco-me, por isso repito a pergunta, Qual foi, Se não a tornarei a ver, Virei ao concerto de sábado, estarei no mesmo camarote, O programa é diferente, não tenho nenhum solo, Já o sabia, Pelos vistos, pensou em tudo, Sim, E o fim disto, qual vai ser, Ainda estamos no princípio. Aproximava-se um táxi livre. A mulher fez-lhe sinal para parar e voltou-se para o violoncelista, Levo-o a casa, Não, levo-a eu ao hotel e depois sigo para casa, Será como eu digo, ou então vai ter de tomar outro táxi, Está habituada a levar a sua avante, Sim, sempre, Alguma vez terá falhado, deus é deus e quase não tem feito outra cousa, Agora mesmo poderia demonstrar-lhe que não falho, Estou pronto para a demonstração, Não seja estúpido, disse de repente a morte, e havia na sua voz uma ameaça soterrada, obscura, terrível. O violoncelo foi metido na mala do carro. Durante todo o trajecto os dois passageiros não pronunciaram palavra. Quando o táxi parou no primeiro destino, o violoncelista disse antes de sair, Não consigo compreender o que está a passar-se entre nós, creio que o melhor é não nos vermos mais, Ninguém o poderá impedir, Nem sequer você, que sempre leva a sua avante, perguntou o músico, esforçando-se por ser irónico, Nem sequer eu, respondeu a mulher, Isso significa que falhará, Isso significa que não falharei. O motorista tinha saído para abrir a mala do carro e esperava que fossem retirar a caixa. O homem e a mulher não se despediram, não disseram até sábado, não se tocaram, era como um rompimento sentimental, dos dramáticos, dos brutais, como se tivessem jurado sobre o sangue e a água não voltar a ver-se nunca mais. Com o violoncelo suspenso do ombro, o músico afastou-se e entrou no prédio. Não se virou para trás, nem mesmo quando no limiar da porta, por um instante, se deteve. A mulher olhava para ele e apertava com força a malinha de mão. O táxi partiu.

O violoncelista entrou em casa murmurando irritado, É doida, doida, doida, a única vez na vida que alguém me vai esperar à saída para dizer que toquei bem, sai-me uma mentecapta, e eu, como um néscio, a perguntar-lhe se não a tornarei a ver, a meter-me em trabalhos por meu próprio pé, há defeitos que ainda podem ter algo de respeitável, pelo menos digno de atenção, mas a fatuidade é ridícula, a enfatuação é ridícula, e eu fui ridículo. Afagou distraído o cão que tinha corrido a recebê-lo à porta e entrou na sala do piano. Abriu a caixa acolchoada, retirou com todo o cuidado o instrumento que ainda teria de afinar antes de ir para a cama porque as viagens de táxi, mesmo curtas, não lhe faziam nenhum bem à saúde. Foi à cozinha pôr um pouco de comida ao cão, preparou uma sanduíche para si, que acompanhou com um copo de vinho. O pior da sua irritação já tinha passado, mas o sentimento que a pouco e pouco a ia substituindo não era mais tranquilizador. Recordava frases que a mulher havia dito, a alusão às ambiguidades que sempre se pagam e descobria que todas as palavras que ela pronunciara, se bem que pertinentes no contexto, pareciam levar dentro um outro sentido, algo que não se deixava captar, algo tantalizante, como a água que se retirou quando a intentávamos beber, como o ramo que se afastou quando íamos para colher o fruto. Não direi que seja louca, pensou, mas lá que é uma mulher estranha, sobre isso não há dúvida. Acabou de comer e voltou à sala de música, ou do piano, as duas maneiras por que a temos designado até agora quando teria sido muito mais lógico chamar-lhe sala do violoncelo, uma vez que é este instrumento o ganha-pão do músico, em todo o caso há que reconhecer que não soaria bem, seria como se o lugar se degradasse, como se perdesse uma parte da sua dignidade, bastará seguir a escala descendente para compreender o nosso raciocínio, sala de música, sala do piano, sala do violoncelo, até aqui ainda seria aceitável, mas imagine-se aonde iríamos parar se começássemos a dizer sala do clarinete, sala do pífaro, sala do bombo, sala dos ferrinhos. As palavras também têm a sua hierarquia, o seu protocolo, os seus títulos de nobreza, os seus estigmas de plebeu. O cão veio com o dono e foi-se-lhe deitar ao lado depois de ter dado as três voltas sobre si mesmo que eram a única recordação que lhe havia ficado dos tempos em que havia sido lobo. O músico afinava o violoncelo pelo lá do diapasão, restabelecia amorosamente as harmonias do instrumento depois do bruto trato que a trepidação do táxi sobre as pedras da calçada lhe infligira. Por momentos havia conseguido esquecer a mulher do camarote, não exactamente a ela, mas à inquietante conversação que haviam mantido à porta dos artistas, se bem que a violenta troca de palavras no táxi continuava a ouvir-se lá atrás, como um abafado rufar de tambores. Da mulher do camarote não se esquecia, da mulher do camarote não queria esquecer-se. Via-a de pé, com as mãos cruzadas sobre o peito, sentia que lhe tocava o seu olhar intenso, duro como diamante e como ele resplandecendo quando ela sorriu. Pensou que no sábado a tornaria a ver, sim, vê-la-ia, mas ela já não se poria de pé nem cruzaria as mãos sobre o peito, nem o olharia de longe, esse momento mágico havia sido engolido, desfeito pelo momento seguinte, quando se virou para a ver pela derradeira vez, assim o cria, e ela já lá não estava.

O diapasão regressara ao silêncio, o violoncelo recuperara a afinação e o telefone tocou. O músico sobressaltou-se, olhou o relógio, quase uma e meia. Quem diabo será a esta hora, pensou. Levantou o auscultador e durante uns segundos ficou à espera. Era absurdo, claro, ele é que deveria falar, dizer o nome, ou o número do telefone, provavelmente responderiam do outro lado Foi engano, desculpe, mas a voz que falou tinha preferido perguntar, É o cão que está a atender o telefone, se é ele, ao menos que faça o favor de ladrar. O violoncelista respondeu, Sim, sou o cão, mas já há muito tempo que deixei de ladrar, também perdi o hábito de morder, a não ser a mim mesmo quando a vida me repugna, Não se zangue, estou a telefonar-lhe para que me perdoe, a nossa conversa meteu-se logo por um atalho perigoso, e o resultado viu-se, um desastre, Alguém a desviou para lá, mas não eu, A culpa foi toda minha, em geral sou uma pessoa equilibrada, serena, Não me pareceu nem uma cousa nem outra, Talvez sofra de dupla personalidade, Nesse caso devemos ser iguais, eu próprio sou cão e homem,

As ironias não soam bem na sua boca, suponho que o seu ouvido musical já lho terá dito, As dissonâncias também fazem parte da música, minha senhora, Não me chame minha senhora, Não tenho outro modo de tratá-la, ignoro como se chama, o que faz, o que é, A seu tempo o virá a saber, as pressas são más conselheiras, mesmo agora acabámos de conhecer-nos, Vai mais adiantada que eu, tem o meu número de telefone, Para isso servem os serviços de informações, a recepção encarregou-se de averiguar, É pena que este aparelho seja antigo, Porquê, Se fosse dos actuais eu já saberia donde me está a falar, Estou a falar-lhe do quarto do hotel, Grande novidade, E quanto à antiguidade do seu telefone, tenho de lhe dizer que contava que assim fosse, que não me surpreende nada, Porquê, Porque em si tudo parece antigo, é como se em lugar de cinquenta anos tivesse quinhentos, Como sabe que tenho cinquenta anos, Sou muito boa a calcular idades, nunca falho, Está-me a parecer que presume demasiado de nunca falhar, Leva razão, hoje, por exemplo, falhei duas vezes, posso jurar que nunca me tinha acontecido, Não percebo, Tenho uma carta para lhe entregar e não lha entreguei, podia tê-lo feito à saída do teatro ou no táxi, Que carta é essa, Assentemos em que a escrevi depois de ter assistido ao ensaio do seu concerto, Estava lá, Estava, Não a vi, É natural, não podia ver-me, De qualquer maneira, não é o meu concerto, Sempre modesto, E assentemos não é a mesma cousa que ser certo, Às vezes, sim, Mas neste caso, não, Parabéns, além de modesto, perspicaz, Que carta é essa, Também a seu tempo o saberá, Porquê não ma entregou, se teve oportunidade para isso, Duas oportunidades, Insisto, porquê não ma deu, Isso é o que eu espero vir a saber, talvez lha entregue no sábado, depois do concerto, segunda-feira já terei saído da cidade, Não vive aqui, Viver aqui, o que se chama viver, não vivo, Não entendo nada, falar consigo é o mesmo que ter caído num labirinto sem portas, Ora aí está uma excelente definição da vida, Você não é a vida, Sou muito menos complicada que ela, Alguém escreveu que cada um de nós é por enquanto a vida, Sim, por enquanto, só por enquanto, Quem dera que esta confusão ficasse esclarecida depois de amanhã, a carta, a razão por que não ma deu, tudo, estou cansado de mistérios, Isso a que chama mistérios é muitas vezes uma protecção, há os que levam armaduras, há os que levam mistérios, Protecção ou não, quero ver essa carta, Se eu não falhar terceira vez, vê-la-á, E porquê irá falhar terceira vez, Se tal suceder só poderá ser pela mesma razão que falhei nas anteriores, Não brinque comigo, estamos como no jogo do gato e do rato, O tal jogo em que o gato sempre acaba por apanhar o rato, Excepto se o rato conseguir pôr um guizo no pescoço do gato, A resposta é boa, sim senhor, mas não passa de um sonho fútil, de uma fantasia de desenhos animados, ainda que o gato estivesse a dormir, o ruído acordá-lo-ia, e então adeus rato, Sou eu esse rato a quem está a dizer adeus, Se estamos metidos no jogo, um dos dois terá de sê-lo forçosamente, e eu não o vejo a si com figura nem astúcia para gato, Portanto condenado a ser rato toda a vida, Enquanto ela durar, sim, um rato violoncelista, Outro desenho animado, Ainda não reparou que os seres humanos são desenhos animados, Você também, suponho, Teve ocasião de ver o que pareço, Uma linda mulher, Obrigada, Não sei se já se apercebeu de que esta conversação ao telefone se parece muito com um flarte, Se a telefonista do hotel se diverte a escutar as conversas dos hóspedes, já terá chegado a essa mesma conclusão, Mesmo que seja assim, não há que temer consequências graves, a mulher do camarote, cujo nome continuo a ignorar, partirá na segunda-feira, Para não voltar nunca mais, Tem a certeza, Dificilmente se repetirão os motivos que me fizeram vir desta vez, Dificilmente não significa que venha a ser impossível, Tomarei as providências necessárias para não ter de repetir a viagem, Apesar de tudo valeu a pena, Apesar de tudo, quê, Desculpe, não fui delicado, queria dizer que, Não se canse a ser amável comigo, não estou habituada, além disso é fácil adivinhar o que ia a dizer, no entanto, se considera que deverá dar-me uma explicação mais completa, talvez possamos continuar a conversa no sábado, Não a verei daqui até lá, Não. A ligação foi cortada. O violoncelista olhou o telefone que ainda tinha na mão, húmida de nervosismo, Devo ter sonhado, murmurou, isto não é aventura para acontecer-me a mim. Deixou cair o telefone no descanso e perguntou, agora em voz alta, ao piano, ao violoncelo, às estantes, Que me quer esta mulher, quem é, porquê aparece na minha vida. Despertado pelo ruído, o cão tinha levantado a cabeça. Nos seus olhos havia uma resposta, mas o violoncelista não lhe deu atenção, cruzava a sala de um lado para outro, com os nervos mais agitados que antes, e a resposta era assim, Agora que falas nisso, tenho a vaga lembrança de haver dormido no regaço de uma mulher, pode ser que tenha sido ela, Que regaço, que mulher, teria perguntado o violoncelista, Tu dormias, Onde, Aqui, na tua cama, E ela, onde estava, Por aí, Boa piada, senhor cão, há quanto tempo é que não entra uma mulher nesta casa, naquele quarto, vá, diga-me, Como deverás saber, a percepção de tempo da espécie dos caninos não é igual à dos humanos, mas realmente creio ter sido muito o tempo que passou desde a última senhora que recebeste na tua cama, isto dito sem ironia, claro está, Portanto sonhaste, É o mais provável, os cães são uns sonhadores incorrigíveis, chegamos a sonhar de olhos abertos, basta vermos algo na penumbra para logo imaginarmos que aquilo é um regaço de mulher e saltarmos para ele, Cousas de cães, diria o violoncelista, Mesmo não sendo certo, responderia o cão, não nos queixamos. No seu quarto do hotel, a morte, despida, está parada diante do espelho. Não sabe quem é.

Durante todo o dia seguinte a mulher não telefonou. O violoncelista não saiu de casa, à espera. A noite passou, e nem uma palavra. O violoncelista dormiu ainda pior que na noite anterior. Na manhã de sábado, antes de sair para o ensaio, entrou-lhe na cabeça a peregrina ideia de ir perguntar pelos hotéis das imediações se ali estaria hospedada uma mulher com esta figura, esta cor de cabelo, esta cor dos olhos, esta forma de boca, este sorriso, este mover das mãos, mas desistiu do alucinado propósito, era óbvio que seria imediatamente despedido com um ar de indisfarçável suspeita e um seco Não estamos autorizados a dar a informação que pede. O ensaio não lhe correu bem nem mal, limitou-se a tocar o que estava escrito no papel, sem outro empenho que não errar demasiadas notas. Quando terminou correu outra vez para casa. Ia a pensar que se ela tivesse telefonado durante a sua ausência não teria encontrado um miserável gravador para deixar o recado, Não sou um homem de há quinhentos anos, sou um troglodita da idade da pedra, toda a gente usa atendedores de chamadas menos eu, resmungou. Se precisava de uma prova de que ela não tinha telefonado, deram-lha as horas seguintes. Em princípio, quem telefonou e não teve resposta, telefonará outra vez, mas o maldito aparelho manteve-se silencioso toda a tarde, alheio aos olhares cada vez mais desesperançados que o violoncelista lhe lançava. Paciência, tudo indica que ela não ligará, talvez por uma razão ou outra não lhe tivesse sido possível, mas irá ao concerto, regressarão os dois no mesmo táxi como aconteceu depois do outro concerto, e, quando aqui chegarem, ele convidá-la-á a entrar, e então poderão conversar tranquilamente, ela dar-lhe-á finalmente a ansiada carta e depois ambos acharão muita graça aos exagerados elogios que ela, arrastada pelo entusiasmo artístico, havia escrito após o ensaio em que ele não a tinha visto, e ele dirá que não é nenhum rostropovitch, e ela dirá sabe-se lá o que o futuro lhe reserva, e quando já não tiverem mais nada que dizer ou quando as palavras começarem a ir por um lado e os pensamentos por outro, então se verá se algo poderá suceder que valha a pena recordar quando formos velhos. Foi neste estado de espírito que o violoncelista saiu de casa, foi este estado de espírito que o levou ao teatro, com este estado de espírito entrou no palco e foi sentar-se no seu lugar. O camarote estava vazio. Atrasou-se, disse consigo mesmo, deverá estar a ponto de chegar, ainda há pessoas a entrar na sala. Era certo, pedindo desculpa pelo incómodo de fazer levantar os que já estavam sentados os retardatários iam ocupando as suas cadeiras, mas a mulher não apareceu. Talvez no intervalo. Nada. O camarote permaneceu vazio até ao fim da função. Contudo, ainda havia uma esperança razoável, a de que, tendo-lhe sido impossível vir ao espectáculo por motivos que já explicaria, estivesse à sua espera lá fora, na porta dos artistas. Não estava. E como as esperanças têm esse fado que cumprir, nascer umas das outras, por isso é que, apesar de tantas decepções, ainda não se acabaram no mundo, poderia ser que ela o aguardasse à entrada do prédio com um sorriso nos lábios e a carta na mão, Aqui a tem, o prometido é devido. Também não estava. O violoncelista entrou em casa como um autómato, dos antigos, dos da primeira geração, daqueles que tinham de pedir licença a uma perna para poderem mover a outra. Empurrou o cão que o viera saudar, largou o violoncelo onde calhou e foi-se estender em cima da cama. Aprende, pensava, aprende de uma vez, pedaço de estúpido, portaste-te como um perfeito imbecil, puseste os significados que desejavas em palavras que afinal de contas tinham outros sentidos, e mesmo esses não os conheces nem conhecerás, acreditaste em sorrisos que não passavam de meras e deliberadas contracções musculares, esqueceste-te de que levas quinhentos anos às costas apesar de caridosamente to haverem recordado, e agora eis-te aí, como um trapo, deitado na cama onde esperavas recebê-la, enquanto ela se está rindo da triste figura que fizeste e da tua incurável parvoíce. Esquecido já da ofensa de ter sido rejeitado, o cão veio consolá-lo. Pôs as patas da frente em cima do colchão, arrastou o corpo até chegar à altura da mão esquerda do dono, ali abandonada como algo inútil, inservível, e sobre ela, suavemente, pousou a cabeça. Podia tê-la lambido e tornado a lamber, como costumam fazer os cães vulgares, mas a natureza, desta vez benévola, reservara para ele uma sensibilidade tão especial que até lhe permitia inventar gestos diferentes para expressar as sempre mesmas e únicas emoções. O violoncelista virou-se para o lado do cão, moveu e dobrou o corpo até que a sua própria cabeça pôde ficar a um palmo da cabeça do animal, e assim ficaram, a olhar-se, dizendo sem necessidade de palavras, Pensando bem, não tenho ideia nenhuma de quem és, mas isso não conta, o que importa é que gostemos um do outro. A amargura do violoncelista foi diminuindo a pouco e pouco, em verdade o mundo está mais que farto de episódios como este, ele esperou e ela faltou, ela esperou e ele não veio, no fundo, e aqui para nós, cépticos e descrentes que somos, antes isso que uma perna partida. Era fácil dizê-lo, mas bem melhor seria tê-lo calado, porque as palavras têm muitas vezes efeitos contrários aos que se haviam proposto, tanto assim que não é raro que estes homens ou aquelas mulheres jurem e praguejem, Detesto-a, Detesto-o, e logo rebentem em lágrimas depois da palavra dita. O violoncelista sentou-se na cama, abraçou o cão, que lhe pusera as patas nos joelhos em último gesto de solidariedade, e disse, como quem a si mesmo se repreendia, Um pouco de dignidade, por favor, já basta de lamúrias. Depois, para o cão, Tens fome, claro. Abanando o rabo, o cão respondeu que sim senhor, tinha fome, há uma quantidade de horas que não comia, e os dois foram para a cozinha. O violoncelista não comeu, não lhe apetecia. Além disso o nó que tinha na garganta não o deixaria engolir. Passada meia hora já estava na cama, havia tomado uma pastilha para o ajudar a entrar no sono, mas de pouco lhe serviu. Acordava e adormecia, acordava e adormecia, sempre com a ideia de que tinha de correr atrás do sono para o agarrar e impedir que a insónia viesse ocupar-lhe o outro lado da cama. Não sonhou com a mulher do camarote, mas houve um momento em que despertou e a viu de pé, no meio da sala de música, com as mãos cruzadas sobre o peito.

O dia seguinte era domingo, e domingo é o dia de levar o cão a passear. Amor com amor se paga, parecia dizer-lhe o animal, já com a trela na boca e a postos para o passeio. Quando, já no parque, o violoncelista se encaminhava para o banco onde era costume sentar-se, viu, de longe, que uma mulher já se encontrava ali.

Os bancos de jardim são livres, públicos e em geral gratuitos, não se pode dizer a quem chegou primeiro que nós, Este banco é meu, tenha a bondade de ir procurar outro. Nunca o faria um homem de boa educação como o violoncelista, e menos ainda se lhe tivesse parecido reconhecer na pessoa a famosa mulher do camarote de primeira ordem, a mulher que havia faltado ao encontro, a mulher a quem vira no meio da sala de música com as mãos cruzadas sobre o peito. Como se sabe, aos cinquenta anos os olhos já não são de fiar, começamos a piscar, a semicerrá-los como se quiséssemos imitar os heróis do faroeste ou os navegadores de antanho, em cima do cavalo ou à proa da caravela, com a mão em pala, a esquadrinhar os horizontes distantes. A mulher está vestida de maneira diferente, de calças e casaco de pele, é com certeza outra pessoa, isto diz o violoncelista ao coração, mas este, que tem melhores olhos, diz-te que abras os teus, que é ela, e agora vê lá bem como te vais portar. A mulher levantou a cabeça e o violoncelista deixou de ter dúvidas, era ela. Bons dias, disse quando se deteve junto do banco, hoje poderia esperar tudo, mas não encontrá-la aqui, Bons dias, vim para me despedir e pedir-lhe desculpa por não ter aparecido ontem no concerto. O violoncelista sentou-se, tirou a trela ao cão, disse-lhe Vai, e, sem olhar a mulher, respondeu, Não tenho nada que desculpar-lhe, é uma cousa que está sempre a suceder, as pessoas compram bilhete e depois, por isto ou por aquilo, não podem ir, é natural, E sobre o nosso adeus, não tem opinião, perguntou a mulher, É uma delicadeza muito grande da sua parte considerar que deveria vir despedir-se de um desconhecido, ainda que eu não seja capaz de imaginar como pôde saber que venho a este parque todos os domingos, Há poucas cousas que eu não saiba de si, Por favor, não regressemos às absurdas conversas que tivemos na quinta-feira à porta do teatro e depois ao telefone, não sabe nada de mim, nunca nos tínhamos visto antes, Lembre-se de que estive no ensaio, E não compreendo como o conseguiu, o maestro é muito rigoroso com a presença de estranhos, e agora não me venha para cá com a história de que também o conhece a ele, Não tanto como a si, mas você é uma excepção, Melhor que não o fosse, Porquê, Quer que lho diga, quer mesmo que lho diga, perguntou o violoncelista com uma veemência que roçava o desespero, Quero, Porque me apaixonei por uma mulher de quem não sei nada, que anda a divertir-se à minha custa, que irá amanhã sei lá para onde e que não voltarei a ver, É hoje que partirei, não amanhã, Mais essa, E não é verdade que tenha andado a divertir-me à sua custa, Pois se não anda, imita muito bem, Quanto a ter-se apaixonado por mim, não espere que lhe responda, há certas palavras que estão proibidas na minha boca, Mais um mistério, E não será o último, Com esta despedida vão ficar todos resolvidos, Outros poderão começar, Por favor, deixe-me, não me atormente mais, A carta, Não quero saber da carta para nada, Mesmo que quisesse não lha poderia dar, deixei-a no hotel, disse a mulher sorrindo, Pois então rasgue-a, Pensarei no que devo fazer com ela, Não precisa pensar, rasgue-a e acabou-se. A mulher pôs-se de pé. Já se vai embora, perguntou o violoncelista. Não se havia levantado, estava de cabeça baixa, ainda tinha algo para dizer. Nunca lhe toquei, murmurou, Fui eu que não quis que me tocasse, Como o conseguiu, Para mim não é difícil, Nem sequer agora, Nem sequer agora, Ao menos um aperto de mão, Tenho as mãos frias. O violoncelista ergueu a cabeça. A mulher já não estava ali.

Homem e cão saíram cedo do parque, as sanduíches foram compradas para comer em casa, não houve sestas ao sol. A tarde foi longa e triste, o músico pegou num livro, leu meia página e atirou-o para o lado. Sentou-se ao piano para tocar um pouco, mas as mãos não lhe obedeceram, estavam entorpecidas, frias, como mortas. E, quando se voltou para o amado violoncelo, foi o próprio instrumento que se lhe negou. Dormitou numa cadeira, quis afundar-se num sono interminável, não acordar nunca mais. Deitado no chão, à espera de um sinal que não vinha, o cão olhava-o. Talvez a causa do abatimento do dono fosse a mulher que apareceu no parque, pensou, afinal não era certo aquele provérbio que dizia que o que os olhos não vêem, não o sente o coração. Os provérbios estão constantemente a enganar-nos, concluiu o cão. Eram onze horas quando a campainha da porta tocou. Algum vizinho com problemas, pensou o violoncelista, e levantou-se para ir abrir. Boas noites, disse a mulher do camarote, pisando o limiar, Boas noites, respondeu o músico, esforçando-se por dominar o espasmo que lhe contraía a glote, Não me pede que entre, Claro que sim, faça o favor. Afastou-se para a deixar passar, fechou a porta, tudo devagar, lentamente, para que o coração não lhe explodisse. Com as pernas tremendo acompanhou-a à sala de música, com a mão que tremia indicou-lhe a cadeira. Pensei que já se tivesse ido embora, disse, Como vê, resolvi ficar, respondeu a mulher, Mas partirá amanhã, A isso me comprometi, Suponho que veio para trazer a carta, que não a rasgou, Sim, tenho-a aqui nesta bolsa, Dê-ma, então, Temos tempo, recordo ter-lhe dito que as pressas são más conselheiras, Como queira, estou ao seu dispor, Di-lo a sério, É o meu maior defeito, digo tudo a sério, mesmo quando faço rir, principalmente quando faço rir, Nesse caso atrevo-me a pedir-lhe um favor, Qual, Compense-me de ter faltado ontem ao concerto, Não vejo de que maneira, Tem ali um piano, Nem pense nisso, sou um pianista medíocre, Ou o violoncelo, É outra cousa, sim, poderei tocar-lhe uma ou duas peças se faz muita questão, Posso escolher, perguntou a mulher, Sim, mas só o que estiver ao meu alcance, dentro das minhas possibilidades. A mulher pegou no caderno da suite número seis de bach e disse, Isto, É muito longa, leva mais de meia hora, e já começa a ser tarde, Repito-lhe que temos tempo, Há uma passagem no prelúdio em que tenho dificuldades, Não importa, salta-lhe por cima quando lá chegar, disse a mulher, ou nem será preciso, vai ver que tocará ainda melhor que rostropovitch. O violoncelista sorriu, Pode ter a certeza. Abriu o caderno sobre o atril, respirou fundo, colocou a mão esquerda no braço do violoncelo, a mão direita conduziu o arco até quase roçar as cordas, e começou. De mais sabia ele que não era rostropovitch, que não passava de um solista de orquestra quando o acaso de um programa assim o exigia, mas aqui, perante esta mulher, com o seu cão deitado aos pés, a esta hora da noite, rodeado de livros, de cadernos de música, de partituras, era o próprio johann sebastian bach compondo em cöthen o que mais tarde seria chamado opus mil e doze, obras elas quase tantas como foram as da criação. A passagem difícil foi transposta sem que ele se tivesse apercebido da proeza que havia cometido, mãos felizes faziam murmurar, falar, cantar, rugir o violoncelo, eis o que faltou a rostropovitch, esta sala de música, esta hora, esta mulher. Quando ele terminou, as mãos dela já não estavam frias, as suas ardiam, por isso foi que as mãos se deram às mãos e não se estranharam. Passava muito da uma hora da madrugada quando o violoncelista perguntou, Quer que chame um táxi para a levar ao hotel, e a mulher respondeu, Não, ficarei contigo, e ofereceu-lhe a boca. Entraram no quarto, despiram-se e o que estava escrito que aconteceria, aconteceu enfim, e outra vez, e outra ainda. Ele adormeceu, ela não. Então ela, a morte, levantou-se, abriu a bolsa que tinha deixado na sala e retirou a carta de cor violeta. Olhou em redor como se estivesse à procura de um lugar onde a pudesse deixar, sobre o piano, metida entre as cordas do violoncelo, ou então no próprio quarto, debaixo da almofada em que a cabeça do homem descansava. Não o fez. Saiu para a cozinha, acendeu um fósforo, um fósforo humilde, ela que poderia desfazer o papel com o olhar, reduzi-lo a uma impalpável poeira, ela que poderia pegar-lhe fogo só com o contacto dos dedos, e era um simples fósforo, o fósforo comum, o fósforo de todos os dias, que fazia arder a carta da morte, essa que só a morte podia destruir. Não ficaram cinzas. A morte voltou para a cama, abraçou-se ao homem e, sem compreender o que lhe estava a suceder, ela que nunca dormia, sentiu que o sono lhe fazia descair suavemente as pálpebras. No dia seguinte ninguém morreu.

1ª EDIÇÃO [2005] 19 reimpressões
2ª EDIÇÃO [2017] 13 reimpressões

ESTA OBRA FOI COMPOSTA EM TIMES PELA SPRESS E IMPRESSA PELA GEOGRÁFICA EM OFSETE SOBRE PAPEL PÓLEN DA SUZANO S.A. PARA A EDITORA SCHWARCZ EM ABRIL DE 2025

A marca FSC® é a garantia de que a madeira utilizada na fabricação do papel deste livro provém de florestas que foram gerenciadas de maneira ambientalmente correta, socialmente justa e economicamente viável, além de outras fontes de origem controlada.